ZEITFENSTER

Take care of all your memories.
For you cannot relive them.

Bob Dylan

--- Für meine Conny ♡ ---

ZEITFENSTER IN ZEILEN

AM KÜCHENTISCH

Man möchte meinen, das Leben hätte sich davongestohlen, betrachtet man die unbestiegenen Leitern leerer Tage. Blanke Skelette ganzer Monate, die entlang des Tickens der Endlichkeit unaufhörlich vom himmelragenden Oben ins bodenlos taumelnde Unten stürzen.

Unwiederbringlich.

Geduldig stehen die Wochen in Reihe, klettern voran und gieren nach ein wenig Graphit, der ihnen Bedeutungsschwere und die gewohnte Regelmäßigkeit zwischen die ungenutzten Stunden schreiben könnte. Enttäuscht weichen sie Nummer um Nummer.

Der Stift – unauffindbar.

Das Jahr zieht ins Land.

Brachliegend.

Unbestellt.

Jegliches Saatgut fehlt.

Das Kalendergerüst hängt schon ausdruckslos mit dem Rücken zur Wand. Ein sichtbares Vakuum. Drohend, beängstigend, mutraubend ist die papierne Metapher des Nichts allgegenwärtig sichtbar im Herzen des Hauses und blickt verwundert auf das Rund, an dem das vermeintlich verlorene Leben trotz fehlenden schriftlichen Eintrags dennoch fest verankerten, verlässlichen Zyklen zu folgen scheint.

Tag für Tag pflücken wir hier die Früchte unserer satt tragenden Felder. Eine heimliche Ernte, die sicher nährt und nie verdorrt. Wir zerkrümeln die Sorgen und zerrupfen die

Angst, indem wir einander die Bröckchen erzählen. Im geteilten Klein verlieren sie an Gewicht. Nun können wir sie zusammen leicht tragen. Wir reichen uns Brot und stillen den Hunger der Seele mit Liebe. Ein jedes Gespräch knabbert am Schrecken und speist die Hoffnung. Aus den Tränen, die wir uns gegenseitig eingießen, malen wir uns aufmunternd ein Lächeln. Wohltuend wärmen wir uns die Hände an jeder Tasse, unterhalten wir uns. Am Morgen, zu Mittag, am Abend – jedes Mal verrinnt ein Teil der Furcht, sitzen wir am Küchentisch und trinken gemeinsam Tee.

Zu Fuße der leeren Zeit blüht das Leben reicher denn je.

ANBLICK, EINBLICK UND WEITBLICK IM RÜCKBLICK

Ein lieber Freund war kurze Zeit vor dem Weihnachtsfest verstorben und nun fand man sich zwischen den Tagen, um den allerletzten Weg zu begleiten und Abschied zu nehmen. Ein wahres Wechselbad der Gefühle zwischen Tannenbaum und Feuerwerk nicht nur für seine Familie, sondern für alle Gäste der Trauerfeier. Nach langer Krankheit und mit einem hohen Alter nahe der neunzig gesegnet, war es ein letzter Gruß, der traurig und dennoch dankbar stimmte.

Inmitten der Schar vieler standen auch die beiden Urenkel des Verschiedenen mit Gesichtsausdrücken, die vor allem eines widerspiegelten: staunende Unschlüssigkeit über eine Situation, die sie so noch nie erlebt hatten, die aber die Herausforderung barg, sich möglichst richtig zu verhalten.

Die Zehnjährige hatte schnell ihre Hand in meine geschoben und verweilte nun an diesem Platz. Ihr sieben Jahre alter Bruder gesellte sich nahezu lückenlos dazu. Mutter und Vater waren dankbar, hatten sie damit die Möglichkeit, ihrem akut empfundenen Schmerz entsprechend Raum zu geben.

Gemeinsam fassten die Kinder Mut und traten mit mir an den offenen Sarg, um einen letzten Blick auf den Uropa zu werfen. Ich war erleichtert zu sehen, dass er – kann man das so sagen? – ein schöner Toter war. Friedlich lag er mit ganz entspannten Zügen auf ein Kissen im offenen Sarg gebettet. Er trug seinen besten Anzug und war mit einer weißen Decke bis zur Brust bedeckt. Die Hände lagen gefaltet auf ebendieser und er wirkte, als schliefe er und träume etwas Angenehmes.

»Warum sind alle so furchtbar leise?«, flüsterte mir die Zehnjährige zu: »Er kann sich doch nicht mehr erschrecken oder aufwachen!«

Stirnrunzelnd schaute sie mich fragend an und ich versuchte zu erklären. Auch über die eigentümlich dunkle Farbe der Ohren und Fingerspitzen unterhielten wir uns. Das Kind beobachtete genau und sprach ohne Scheu aus, worüber es erstaunt war. Ich antwortete ehrlich. Die Frisur des Urgroßvaters fiel ihr ebenso auf. Sie fand den Style, wie sie sich ausdrückte, ungewöhnlich und merkte an, dass die Lippen doch eigentlich zu rosarot seien, wenn doch kein Blut mehr floss, um sie zu färben. Ich erzählte ihr davon, dass ein Verstorbener, ehe er in einem Sarg aufgebahrt wird, noch einmal hübsch gemacht wird. Mit Make-up, wenn nötig, und Frisur, so wie beim Friseur. Das fanden beide Kinder höchst bemerkenswert. Der Kleine überdachte laut, wie wohl die passende Berufsbezeichnung für den »Hübschmacher« sei.

Ein erstes Schmunzeln stellte sich ein.

Dann wurden wir herausgebeten, damit der Sarg geschlossen und in die Trauerhalle gebracht werden konnte. Die Kinder zeigten sich sichtlich enttäuscht, nicht zusehen zu dürfen. Während der Wartezeit fragten sie, was nach der Trauerfeier mit dem Uropa geschehen würde. Sie wussten, dass er eingeäschert werden soll und fragten sich, wo er hinkäme, bis dies passieren würde. Ich erzählte ihnen, dass er in seinem Sarg in einem gekühlten Raum mit anderen

Verstorbenen verwahrt werden wird. Der Kleine begann zu grinsen und meinte nach meiner Schilderung: »Also hat da jeder sein Fach? Wie in einem Hasenstall? Nur halt ohne Hasen, sondern mit dem Opa drin.«

Quasi ...

Seine Schwester erkundigte sich, was denn mit dem Sarg und Opas Anzug geschehen würde, wenn er dann verbrannt wird. Ich gab kund, dass er den Anzug dabei anbehalten und im Sarg liegend verbrannt würde. Der Kleine befand, dass dies ein wenig schade um den schicken Anzug sei und fragte, wie dieses Verbrennen vollzogen würde. Seine Schwester übernahm die Erklärung, während ihre Hand weiter in meiner ruhte, und meinte mit ernster Stimme: »Das habe ich mal im Fernsehen gesehen. Es ist eigentlich wie Plätzchen backen ... nur der Ofen ist größer und ziemlich heiß.«

Ich konnte mir ein dickes Grinsen nicht mehr verkneifen und widersprach nicht.

Ohne Pause wechselten die Kinder zum nur vier Tage zurückliegenden Weihnachtsfest und erzählten mir freudestrahlend von ihren Geschenken und dem guten Essen während der Feiertage. Es gab unter anderem Schokoladenpudding mit Schlagsahne und Schokostreuseln zum Dessert. Ein Highlight!

Dann reihten wir uns wieder in die Riege der ernst wartenden Gesichter ein und betraten die Trauerhalle. Der Siebenjährige nahm auf seines Papas Schoß Platz und seine Schwester blieb bei mir.

Die feierliche, gedämpfte Atmosphäre sorgte bei meinem Schützling für Unbehaglichkeit und fast schon ängstlich bat sie mich, nicht in der ersten Reihe mit ihrer Familie sitzen zu müssen. Wir nahmen in der zweiten Reihe Platz und hielten einander weiter an den Händen. Sie war glücklich zu sehen, dass der Sargdeckel, wie vorher von mir angekündigt, tatsächlich nicht flach war, wie sie befürchtet hatte, sondern nach oben viel Raum hatte, damit der Uropa darin nicht eingequetscht wurde.

Dann spielte man ein erstes Musikstück, gefolgt von den Worten des Trauerredners. Sie wunderte sich ein wenig über die Musikauswahl, die sie als ziemlich altbacken einschätzte, zeigte sich jedoch verständnisvoll, als ich ihr leise flüsternd erklärte, dass dies sicher Musik war, die dem Uropa besonders gut gefallen hatte und man eben das spiele, was dem Verstorbenen entspräche.

Der Trauerredner sprach weiter und der Druck der kleinen Hand in meiner blieb unverändert. Sie zeigte sich auch erstaunt über die Fülle der Menschen und fragte, ob diese wirklich alle den Uropa persönlich kannten.

Dann endlich, nach einer gefühlten Ewigkeit für eine Zehnjährige, bekundete der Trauerredner, dass nach einem nun folgenden, letzten Musikstück der Sarg abgesenkt werden würde und man dann seinen Blumengruß auf diesem auflegen könne. Gebannt schaute sie nach vorn … aber nach dem Verklingen der Melodie passierte nichts. Es passierte recht lange nichts. Der Sarg ruckelte kein bisschen, obwohl wir beide ganz genau hinsahen. Es wurde plötzlich noch ein weiteres Lied eingespielt und meine zehnjährige Begleitung sah mich spitzbübisch an. »Ha«, meinte sie: »Da klemmt bestimmt was und nun machen sie noch mal Musik, damit keiner etwas merkt.«

Lächelnd pflichtete ich ihr bei, dass es ganz sicher so sei.

Dann endlich geschah das Versprochene und der Sarg wurde langsam abgesenkt. »Wo soll ich jetzt mit meiner Blume hin? Man sieht ihn ja gar nicht mehr!«, empörte sich die Kleine neben mir und ich riet ihr, dass wir zunächst schauen, was die anderen Leute mit ihren Blumen machen und es ihnen anschließend gleichtun würden.

»Das ist ein guter Plan!«, antwortete sie, schnappte sich ihre Rose und ging nach vorn, um genau beobachten zu können.

Als wir kurze Zeit später ins Freie traten, hatte leichter Schneefall eingesetzt und das Immergrün des Friedhofes in eine friedliche, stille Puderzuckerlandschaft verwandelt.

Die Kinder freuten sich und debattierten, ob es bis zum Abend wohl reichen würde, um einen ersten Schneemann zu bauen.

Die Gesichter der Umstehenden trugen ein kleines Lächeln angesichts der kindlichen Begeisterung und alle wussten in diesem Moment, dass diesem Abschied auch ein Weiterhin inne lag.

AUF DER ÜBERHOLSPUR UND DER SUCHE NACH DEM ZURÜCK

Die Zeit drängte bereits.

Wie jeden Morgen.

Doch die Kinder kauten genüsslich an ihren Frühstücksbrötchen und ließen sich wie üblich nicht aus der Ruhe bringen. Was wussten sie schließlich von Zeitdruck, pünktlichem Arbeitsbeginn, dem ständigen Gefühl der Hast im Nacken. Ihr Leben fand noch statt im Hier und Jetzt.

Wann ist schon morgen!

Beneidenswerte Unbeschwertheit, die der Vergänglichkeit schon bald erbarmungslos ausgeliefert sein wird...

Im Hintergrund murmelte überbetont enthusiastisch die Gutelaunegutemorgensendung im Radio. Der Moderator berichtete über die Stars und Sternchen, die ihre Aufwartung bei der gerade stattfindenden Berlinale machten. »... unter anderem Monica Bellucci, die trotz ihrer 55 Jahre noch immer aussieht wie eine 22-jährige ...«

»Hä?«, die Achtjährige entrüstete sich plötzlich dank des großen Bissens in ihrem Mund stark nuschelnd: »Das kann doch gar nicht sein! Die hat bestimmt was machen lassen! Wahrscheinlich Haare gefärbt oder so ...«

Laut prustend bekam der Morgen unvermittelt eine einladend freundliche Farbe und zum Erstaunen beider Kinder, kringelte sich die Mutter vor Entzücken.

Wenn es doch so einfach wäre! Ab zum Friseur und schon lösen sich – zumindest optisch – 30 Jahre in Wohlgefallen auf. Ein Trick, der Zeit ein Schnippchen zu schlagen und das sogar je nach Belieben auf dem Rücken des Regenbogens in allen Spektren.

Welch herrliche Vorstellung!

Welch herrliche Vorstellung?

Vielmehr der Fluch unserer Zeit!

Nie zuvor hat der Mensch dem Äußeren eines jeden solch einen überhöhten Wert beigemessen. Je älter wir werden, desto jünger sollen wir scheinen. Der Jungbrunnen liegt allzeit bereit in den Auslagen der Drogerien, Apotheken und in den Händen zahlreicher plastischer Wunderheiler. Gegen ein gewisses Entgelt erwirbt man zumindest temporäres Selbstbewusstsein und den Glauben, der Zahn der Zeit nage nun ein bisschen weniger unerbittlich.

Die Welten haben sich verschoben.

Die ewige Jugend als Grundvoraussetzung, um mithalten zu können im Größer, Schneller, Weiter des kommerzialisierten Alltags. Im Hochglanzhaifischbecken jagen sich die Ideale unerbittlich und treiben die Menschen an, sich zu messen. Ein »In Würde Altern« wird zwar häufiger denn je betont, doch sind wir diesem grundmenschlichen Zugeständnis an Liebe und Fürsorge weiter entfernt denn je. Bis ins hohe Alter hinein verlangt man attraktive Fitness, geschmackvolles Styling und klaglose Belastbarkeit. Der Ruhestand wird interpretiert als ewiger Urlaub, während ein natürliches Nachlassen der Ausdauer nicht akzeptiert wird.

Könnte man nicht meinen, der wahre Jungbrunnen liegt einzig in der Stärke, sich seiner Selbst anzunehmen, ohne an der Endlichkeit zu verzweifeln und dabei die Schönheit der Persönlichkeit zu pflegen, die nicht an eine äußere Hülle gebunden ist?

AUS FLORA UND FAUNA

Kann man ...?

Nein! Schon der Beginn ist völlig falsch gewählt.

Also noch einmal von vorn: Kann frau ihre Persönlichkeit ablegen, wie einen Mantel?

Über das Dürfen, Wollen, Sollen oder gar Müssen möchte ich gar nicht sinnieren. Jedoch gilt es der Frage nachzugehen, ob es tatsächlich möglich ist, das eigene Ich zu entsorgen, wie einen Strumpf mit Laufmaschen.

Achtlose Austauschbarkeit ohne jegliches sentimentale Bedauern.

Quasi ein an den Haken hängen, um an den Haken zu gehen?

Hier also eine nicht ganz objektive und schon gar nicht vollständige Bestandsaufnahme der menschlichen Flora und Fauna.

Bei beiderlei Geschlechtern kümmern einige stille Pflänzchen am Rande, die sich aus vielerlei Gründen überhaupt nicht erst darum sorgen, den Kopf oder gar mehr ins Licht zu recken. Solche Menschen eben, die vor lauter Angst, gesehen zu werden, ungesehen bleiben. Klassische Mauerblümchen. Dann und wann streift doch ein verirrter Sonnenstrahl das ein oder andere und auf wundersame Weise treiben sie dann strahlend bunte Blüten. Das ist schön anzusehen und es macht Freude, diesen Prozess durch umsichtiges Gießen hier und da sanft mitzutragen. Diese sprichwörtlich Gewachsenen würden sich hüten, ihre neuerlangte, beschwerlich erarbeitete Anschaulichkeit jemals leichtfertig aufs Spiel zu setzen.

Andere wiederum sind seit jeher ihr eigener Fels in der Brandung. Niemals würden sie ihren festen Stand gegen einen Platz im Treibsand tauschen. Mag die Gischt auch noch so schäumen oder Stürme an ihnen rütteln, sie scheinen fest verankert im Hier und Jetzt und vielleicht sogar für alle Ewigkeit.

Doch es gibt sie tatsächlich: die, die vornehmlich weiblicher Natur sind und es scheinbar mühelos schaffen, für ein einziges selbstgesetztes Lebensziel alle Selbstachtung und Selbstbestimmung gleich Sondermüll zu entsorgen. Ein Ablasshandel, der so alt ist, wie das noch immer herrschende Ständedünkel der westlichen Gesellschaft.

Trauschein gegen Würde.

Status gegen Stolz.

Abhängigkeit gegen Emanzipation.

Substituierbarkeit gegen Persönlichkeit.

2,5 cm Blockabsatz statt 10 cm Stiletto.

Blassblaue oder roséfarbene, perfekt gebügelte Hemdbluse statt kleines Schwarzes.

Perfekte Anpassung statt Individualität.

Die Hackordnung ist bestimmt nach der Größe der weißen Perlenohrringstecker.

Scheinbar dezent und zurückhaltend, sind sie vielmehr schrill und unangenehm präsent. Sie gackern ohne Unterlass die Begleitmelodie und spielen nie die erste Geige. Das Gefieder glänzt makellos vom unaufhörlichen Putzen und

Zupfen und sie stolzieren mit herausgestreckter Brust um die stolzesten Hähne.

Ein jedes dieser Perlhühner umkreist werbend den Korb voll studierten Federviehs, das Ziel stets vor Augen. Gluckenhaft und madamig, unterwürfig, anbiedernd und vor allem zustimmend kichernd. Misstönend pflichten sie den Gockeln in all ihrem Tun mit scheinbar perlendem Gelächter bei. Jederzeit achtgebend, in der gerade angestimmten Tonlage zu quieken, dabei jedoch nie den Ton angebend. Dann und wann wird eines der Hühnchen zur Glucke, entschlüpft dabei dem Freigehege und dessen Schaulauforgien. Auf einer der oberen Sprossen der Leiter im Stall baut es sich ein Nest und verharrt in diesem fortan. Verschlossenen Blicks, ohne Ausblick, ohne Scharfblick, ohne Weitblick, nah genug am Hahn, der längst andere Hühner begluckt, beglückt? und inmitten der zahlreichen Küken. Die eigene Schar begrenzt den Horizont und zu den Perlen an den Ohren legen sich die Stränge um den Hals.

Das Leben verstreicht und das schließlich erfolgreich an den Haken gehen, ist gleich nach dem am Haken hängen, letztlich nur ein jämmerlich Zappelndes am Haken verenden ...

BEICHTE

Über die Jahre lieb gewonnene alte Bekannte trifft man zuweilen ganz unverhofft genau dort, wo man sie am wenigsten erwartet.

Auf einer Kirchenbank im hohen Norden fand ich zu meiner großen Überraschung stille Zeilen vom Pilgern. Die vertrauten Verse spannten sich entlang der sparsam gewählten Worte und entfalteten raumgreifend ihre tiefsinnige Weite.

Ein Gotteshaus hatte es geschafft, dass ich mich darin zu Hause fühlte, und zwar nicht durch christliche Lehren, sondern nur durch die Begegnung mit einem Text, den ich selbst in meinem Bücherregal beherberge.

Betreten hatte ich dieses Haus des Kreuzes eigentlich nur, um, ganz ungewöhnlich für eine Kirche, die besonderen Deckenmalereien zu bestaunen, welche wie maritime Mandalas anmuteten und eben nicht wie überall Szenen der biblischen Geschichte präsentierten.

Darunter als Platzhalter für die Bänke, die in den Abstandsregeltagen des diesjährigen Sommers nicht besetzt werden durften, in großen Lettern kurze Gedichte von Reiner Kunze und anderen großen zeitgenössischen Sprachkünstlern.

Welch grandiose Idee!

Statt eines Platzverbotes wurde hier die Einladung ausgelegt, innezuhalten und die kurze Poesie auf jeder Bank wirken zu lassen.

Voller Wehmut stand ich dort und begrüßte im Stillen die sinnreiche, ausgereifte Schönheit des knappen Ausdrucks meines Lieblingsdichters. Und ich erinnerte mich, wie ich vor einigen Monaten das zuletzt erschienene, dünne Bändchen an kurzen Gedichten in der Hand hielt und noch vor dem ersten Aufschlagen versonnen streichelte wie einen raren Schatz. Ich reglementierte mir den Konsum des Genießens hart. Jeden Abend nur drei Gedichte! Damit das Vergnügen möglichst lange währen sollte. Dennoch waren es bedauerlicherweise nur wenige Tage bis zum ersten Durchlesen des Büchleins. Noch immer bin ich tief bewegt von den Zwischentönen, die sich ganz leise im Umfeld der eigentlich gedruckten Zeilen vernehmen lassen. Diese Veröffentlichung namens »die stunde mit dir selbst« erschien mir wie ein buchstabenweiser, langsamer Abschied in Flüstertönen. Ich hoffe sehr, ich täusche mich. Doch da mein literarischer Held in den dreißiger Jahren des vergangenen Jahrhunderts geboren wurde, scheint mein Gefühl wohl doch nicht nur einfach ein Gefühl zu sein.

Neben der Pilgerreise fiel mir ein Sinnspruch Ernst Barlachs inmitten des bunten Sammelsuriums verschiedenster Bankpoeten auf: »Ein Weg braucht kein Wohin, es genügt ein Woher.«

Und schon zog mich die Gestaltung dieses Kirchenraumes abermals in einen ganz persönlichen Bann und zwang mich, eine Begebenheit erneut zu überdenken, über die ich bisher eigentlich noch nicht abschließend sinnieren wollte.

Eine Frage hallt seit einiger Zeit in meinem Kopf nach, die so störrisch in mir rumort, dass sie sich einfach nicht archivierend ad acta legen lässt. Manchmal macht sie mich enorm wütend. Manchmal einfach nur traurig. Und immer wieder habe ich das herausfordernde Gefühl, mich rechtfertigen zu müssen für etwas, was eigentlich keiner Rechtfertigung bedarf.

Aus größtem Unverständnis über meine Wahl, mein Leben als Schriftstellerin und Künstlerin zu gestalten, zu bereichern, hieß es einst, wohin ich eigentlich wolle, mit dieser Schreiberei und Malerei. Was sei überhaupt mein Ziel mit all dem?

Ich erinnere mich meiner Antwort, die keiner Überlegung bedurfte. »Ich habe kein Ziel. Ich lasse mich einfach treiben im Schreiben und Zeichnen, weil hierfür kein Ziel nötig ist.«

Ich schreibe, weil ich schreiben muss. Und ich male, weil es überlebenswichtig für mich ist. Beides sind meine Ventile, das Leben zu verstehen, mir das Leben zu gestalten und das Leben einfach zu leben. Gedanken festzuhalten, Bilder zu zeichnen mit Buchstaben oder einem Pinsel, dabei Fantasien auszuleben, zu erleben und entstehen zu lassen. Oder einfach nur davon zu berichten, in Worten und Bildern, was ich beobachte im Drumherum und Innendrin. Die Welt beschäftigt mich und ich beschäftige mich mit ihr. Das bin ich und dieses Tun ist mir genauso lebenswichtig wie das Atmen, Essen, Trinken oder Schlafen.

Ich ziehe unendliches Glück aus diesem Tun und kann dies zuweilen auch weitergeben. Ich freue mich darüber, wenn hier und da ein Jemand einen Gedanken von mir aufnimmt und vielleicht sogar weiterdenkt.

Wozu also sollte ich solche Momentaufnahmen mit Zielen versehen und damit in enge Bahnen lenken?

Mein täglich Allerlei ist gelenkt genug, da erlaube ich meinem Geist von Herzen gern den regelmäßigen, ziellosen Ausbruch.

BLUEBERRIES, MOUNTAINS UND DER MOND: EIN KONZERTBESUCH

Mir scheint, als könne ich direkt ins Herz hineinblicken, in dem sich eine scheue Schönheit und kostbare Reinheit offenbart, die mich demütig mein eigenes Selbst in die Waagschale legen lässt.

Voller Hoffnung wünsche ich mir, dass diese fragilen Klanggeschichten aus weich verwobenem Glas die Welt ein klein wenig – und sei es auch nur für einen winzigen Moment – zum Guten wenden werden und gleich mondschimmernder Kiesel den wahren Weg entlang verwunschener Melodien und sehnender Verse zu weisen wissen.

Es schwebt noch für eine ganze Weile ein silbrig gewirktes Gespinst in meiner Erinnerung, das in seiner hauchzarten Verletzlichkeit Kraft und Stärke zu verleihen mag und selbst dunkle Orte wohltuend erleuchtet.

DAS BESTE ZUM SCHLUSS

Dieses Mal ist die Liste lang.

»Mama, was ist ein Pilger?«

»Und Mama, wohin geht eine Wallfahrt?«

Sie liest viel und sammelt dabei. Akribisch fertigt sie Listen an, auf denen sie die Worte vermerkt, deren Bedeutung sich ihr nicht sofort erschließt. All diese Unbekannten macht sie nach und nach zu ihren Vertrauten und nutzt sie fortan vielfach selbst.

Das Kind liebt die Sprache, ihre Vielfältigkeit und schier unendlichen Möglichkeiten. Die Mutter erfreut der Wissensdurst und sie ermutigt die Tochter, genauso fortzufahren. Sie soll nie aufhören zu sammeln, zu fragen und selbst zu erproben.

Dann und wann ist die Liste voll und dann kommt die Stunde der Wahrheit. Nicht immer fügen sich die Fremden thematisch zusammen. Die Mutter steht dann im Kreuzfeuer der Fragen, die schnell aufeinanderfolgend etwas von der Schnellraterunde einer Fernsehquizshow haben. Die Mutter als lebender Thesaurus sozusagen. Das macht beiden Spaß.

»Was ist eine Kogge?«

»Und Pasteurisieren? Ist das eine Krankheit?«

Jedes Mal ist dieser Schusswechsel an Begriffen und ihren kurzen Definitionen ein intimer Moment, der Erinnerungen schafft an eine Kindheit die irgendwann einmal vorbei sein wird.

Wehmut stellt sich dann ein.

Wie beide diese Augenblicke lieben!

»Mama, was ist eigentlich das weibliche Gegenteil eines Mönches?«

Noch ehe die Mutter die Antwort aussprechen kann, bietet das Kind selbst eine Möglichkeit an: »Ist das eine Nutte?«

Die Mutter spuckt fast den Tee, an dem sie gerade nippt, quer durch die Küche. Etwas rüde fragt sie nach, ob die Tochter sie wohl auf den Arm nehmen wolle.

Unschuldige Kinderaugen blicken sie verwundert an.

»Nein, warum?«

»Es ist eine Nonne, mein Schatz. Keine Nutte. Das weibliche Pendant des Mönches ist eine Nonne.«

»Ach so.«

Die Mutter beginnt merklich zu schwitzen, weiß sie doch, was sogleich folgen wird.

»Und was ist jetzt eine Nutte?«

Warum fragt das Kind eigentlich immer so viel?

Die Zeiten, als man noch damit antworten konnte, sie sei viel zu klein, um dies oder jenes zu verstehen, sind lange vorbei.

Wie nun diesen behüteten kleinen Kosmos erweitern, in dem körperliche Liebe als Bestandteil zwischenmenschlicher Beziehungen von Erwachsenen zwar schon bekannt ist, jedoch noch ausschließlich als rein notwendiges Mittel zur Erzeugung von Nachkommen betrachtet wird? Wozu auch sonst sollten Mann und Frau sich damit beschäftigen? Weitere logische Gründe existieren für die Zehnjährige noch nicht. Liebe, Lust, Leidenschaft. Begriffe, die sie noch lange nicht mit dem Wort Sex in eine Reihung bringen wird.

Erst einmal Zeit gewinnen: »Woher hast du eigentlich dieses Wort?«

»Keine Ahnung, ehrlich gesagt. Gehört? Gelesen? Ich weiß es nicht mehr«.

Die Antwort kommt postwendend und ehrlich.

War es der Schulhof? Mit wem hat sie dort Umgang? Egal, sie wird nicht lockerlassen, bis sie weiß, was eine Nutte ist.

Die Mutter beginnt vorsichtig. Versucht, dem Kind nahezubringen, dass es sich eigentlich um ein Schimpfwort handelt.

»Aha, und wie sagt man es höflich?«

Auch nicht besser.

Das Gespräch entwickelt sich zunehmend autark. Das Kind schaut erwartungsvoll. Die Mutter ringt sichtlich um Worte und Fassung.

Es gelingt irgendwie.

Aber die Mutter sieht, dass die Erläuterung nur zu einer zwischenzeitlichen Windstille geführt hat, ehe der Sturm erneut losbrechen wird.

Da zahlt jemand für etwas, was gar nicht zum eigentlichen natürlichen Ergebnis führen soll. Verstehe das, wer kann!

Die Frage am Ende der Liste jedoch hallt nach.

... ist die Nutte nicht eigentlich doch das weibliche Gegenteil eines Mönches?

Nur eben auf einer ganz anderen Skala?

DIE FARBE DER KINDHEIT

Es war dieser eine denkwürdige Frühsommerabend, der immer wieder zu meinem ganz persönlichen Amüsement in der Erinnerung aufflammt. Ein bis dato unauffälliger Tag im Trotte des normalen Wochenalltags.

Mit der Kleinen Abendbrot gegessen. Sie von Sand, diversen Spuren der kindergärtlichen Speisekarte und einigen eher undefinierbaren Resten des Tages blitzeblank geschrubbt.

Doch dann, beim obligatorischen Sandmännchen gesellte sich der ritterliche Nachbar mit piratengefährlicher Käpt'n-Sharky-Augenklappe spontan durch die offenstehende Terrassentür dazu.

Und da saßen sie nun.

Die Dreijährige und der Fünfjährige.

Gebannt blickten sie auf den Fernseher und freuten sich, als die vertraute Melodie zu erklingen begann und das Sandmännchen in einer Kutsche durch den strömenden Regen fahrend vor einem Schloss ankam.

Ich musste unwillkürlich schmunzeln.

War es doch eine dieser Aufnahmen, die offenbar in meiner Kindheit schon gezeigt wurde. Die Requisiten so herrlich charmant altbacken. Das Bild leicht unscharf und irgendwie wackelig. Dazu eine derart zurückhaltende Farbwahl, die beim flüchtigen Hinschauen auch als rein schwarzweiß durchgehen könnte.

Ich weiß noch genau, dass in meinen Kindheitstagen alle Bilder zunächst noch ausschließlich monochrom waren. Ich war längst ein Schulkind und kein Sandmännchenschauer mehr, als in unser Wohnzimmer der erste Farbfernseher einzog. Dennoch bin ich mir absolut sicher, dass das Schnatterinchen trotz der nur schwarzweißen Bildröhre schon damals leuchtend gelb war.

Wie auch immer die Fernsehleute das technisch hinbekommen hatten!?

Aber es war so.

Wirklich!

Meine Eltern stritten dies zwar immer ab und meinten, ich solle genau hinsehen, denn das Schnatterinchen wäre grau, wie alles andere auch ...

So ein Quatsch!

Natürlich war es gelb!

Meine Welt war schon immer bunt.

»So ein Glück!«, nuschelte meine Dreijährige da plötzlich und holte mich aus meiner Erinnerung zurück ins Hier und Jetzt.

Mit einem nonchalanten: »Hä«, brachte der fünfjährige bunt kostümierte Piratenritter zum Ausdruck, dass er nicht ganz einordnen konnte, worüber sich mein Töchterlein ganz offenbar zu freuen schien.

»Na,« wiederholte sie: »So ein Glück, dass vorm Fernseher noch eine Fensterscheibe ist.«

Beide schauten wieder konzentriert auf das Sandmännchen, dass nun vom Kutschbock herabstieg und wacker im unwetterartigen Regenguss die Stufen empor zum Schlosseingang stapfte.

Die Mimik des Fünfjährigen sprach plötzlich Bände. Er saß kerzengerade. Man sah förmlich, wie er mit äußerster Anstrengung die Aussage meiner Kleinen in die gedankliche Waagschale warf und sprichwörtlich überdachte.

Dann entspannten sich die zusammengezogenen Brauen und er lehnte sich wieder gemütlich zurück.

»Stimmt«, antwortete er: »Bei diesem Regen wäre es sonst ziemlich schnell nass hier.«

Und das Schnatterinchen war gelb.

Schon immer.

Quod erat demonstrandum.

DIE FISCHDOSE

Sie wird in wenigen Wochen neunzig Jahre alt.

Ihr Herz ist ein besonders großes und voller Liebe.

Doch reicht die Kraft dieses außergewöhnlichen Herzens nicht mehr ganz für dieses beschwerliche Leben und es benötigt Hilfe, um sich immer wieder daran zu erinnern, dass der Takt, in dem es schlagen soll, möglichst gleichförmig sein muss. Auch schwindet die Kraft in den Beinen zusehends. Die Schritte werden kleiner und die Wege führten zuletzt kaum noch hinaus.

Es ist ein Siebenmeilenschritt und mehr, den sie nun wagt: Ihr umfangreiches Hab und Gut, die Selbstbestimmung darüber, was die Töpfe für das nächste Mittagessen füllen soll, die Mühen des Einkaufens und des Wäschewaschens zugunsten eines viel kleineren, aber sorgenfreien Reiches einzutauschen.

Sehr überlegt, etwas wehmütig, denn wohlwissend, dass dies der allerletzte Umzug sein wird, gibt sie die arbeitsreiche Gestaltung des täglichen Allerleis in fremde und wechselnde Hände, um sich nochmals all den Dingen in Ruhe widmen zu können, an denen sie schon ein Leben lang größte Freude hat. Die Dinge, die sie mitnehmen wird, sind klein an der Zahl, aber groß an Bedeutung. Viele Bücher füllen fortan an das geräumige Regal in ihren neuen vier Wänden. Diese geben einladend durch ein großes doppelflügeliges, französisches Fenster den Blick in eine erquickend unendlich wirkende, grüne Weite frei.

Sie sieht auf erhabene alte Bäume entlang sich streckender, satter Wiesen und erinnert sich an ihre oft besuchten Sehnsuchtsorte in Cornwall, an das Dorf im Vogtländischen, in dem sie geboren wurde, an die Elbufer der glücklichen Jahre in Dresden und die Flussstrände desselben Wasserlaufes später dann im ihr ewig fremden, fernen Hamburg. Es kommen ihr die vielen Tage in den Sinn, an denen ihr Leben schwerer wog, als man an Gewicht solch schmalen Schultern aufladen sollte.

Sie hat mir oft von diesen Zeiten berichtet.

Mit frappierender Offenheit gab sie wieder und ich verneige mich vor ihrem Großmut, niemals Bitterkeit verspürt, sondern immer pragmatisch das Beste aus dem wahrhaft Schlechtesten gemacht zu haben. Sprach sie dagegen von den wenigen frohen Jahren, leuchteten ihre Augen und das stete Beben ihrer Hände kam kurz zur Ruhe.

Als ich geboren wurde und man sie als meine Begleiterin in mein Leben holte, war sie schon viel älter, als ich es heute bin. Und doch stehen wir uns so nahe, als wären wir füreinander geschaffen worden. Wir begegnen uns auf Augenhöhe und wir schenken uns den wertvollen Respekt eines schonungslos ehrlichen Umgangs miteinander.

Wie viele Menschen lässt man schon so nah an den Kern der eigenen Seele?

In den Tagen zwischen Entscheidung, Aufbruch und Umzug ließ sie mir ein Paket senden. Darin einiges, von dem ich vage wusste, dass ich es einst an ihrer statt in Ehren halten sollte.

Aus dem Urlaub wiederkehrend und nichts ahnend von der plötzlichen Dynamik in ihrem Leben, erschrak ich über alle Maßen, als ich die nicht von ihrer Hand beschriftete Pappschachtel im Flur stehend fand und sah, dass der Anrufbeantworter hektisch blinkte.

Mit größter Erleichterung packte ich meine Schatzkiste wenig später aus. Inmitten vieler schimmernder Kleinode fand ich eine kleine Dose, die, handgearbeitet aus einem hellen Holz fast schon verschämt ob des Funkelns um sie herum in meiner Hand lag. Sie ist so groß wie eine Postkarte, keine zwei Zentimeter hoch und eher grob aus einem Stück Holz mit separatem Deckel geschnitzt. Die Oberseite zieren ein mit einem Lötkolben eingebrannter Fisch, einige grün bemalte Wellen und bordeauxrot angestrichenes Seegras – sechs Halme nur. Ein Motiv, das anmutet, wie die grotesk-unbeholfene Zeichnung eines kleinen Kindes.

Das Fischkistchen war leer. Es wird auch in meiner Obhut für immer ohne dinglichen Inhalt bleiben, denn die Geschichte, die es birgt, ist so raumfüllend, dass nichts Zusätzliches in ihm Platz finden könnte.

Sie hatte eine jüngere Schwester. Ihre Kindheit und Jugend waren wie im Märchen – nur ganz und gar nicht märchenhaft. Denn sie war das Aschenputtel und ihre Schwester die Prinzessin.

Ihre Schwester hatte einen Freund. Sie planten zu heiraten. Vielleicht hatten sie sich sogar bereits offiziell verlobt? Ich weiß es nicht genau. Sie waren sehr verliebt. Doch die Zeiten waren denkbar schlecht für junge Liebende. Er schnitzte das Kästchen an der Front und schenkte es der

Schwester im Jahre 1941. Ich kenne seinen Namen nicht. Aber ich weiß, dass die Prinzessin ihm das Herz brach, als er eigentlich schützend haltende Hände benötigt hätte. Er verlor beide Beine im Gefecht, überlebte nur knapp.

Die Prinzessin trennte sich sofort von ihm, als sie von seinem Verlust erfuhr. Sie erklärte ihm, dass sie keinen versehrten Mann zum Traualtar begleiten würde.

Mein mir so geliebtes Aschenputtel nahm das Fischlein heimlich an sich, als es die Prinzessin mit ihrer vergangenen Liebe wegwerfen wollte. Sie kann es bis heute nicht verstehen, dass ihre Schwester einen Menschen so bedenkenlos aus ihrem Leben streichen konnte, weil sie ohne Beine der Liebe nicht ihren Lauf lassen wollte.

Mein Aschenputtel hatte wenig mit dem Schöpfer der Fischdose zu tun, aber konnte sein Schicksal der entsagten Liebe kaum verkraften. Wenigstens seinem Andenken wollte sie durch das Aufbewahren des kleinen Handwerks ein wenig Ehre an ihrer Schwester statt erweisen.

Als sich die Zeiten später geändert hatten, verließ die Prinzessin das Land, fand ihren Prinzen und erkrankte irgendwann schwer. Mein Aschenputtel verkaufte ihr sächsisches Leben und ging in die regenreiche, große norddeutsche Stadt, um die Prinzessin zu pflegen. Im nur kleinen Handgepäck reiste der hölzerne Fisch mit dem vermeintlich leeren Bauch mit ihr.

Als die Prinzessin starb, rang diese meinem Aschenputtel das Versprechen ab, sich um den ebenso kranken Prinzen zu kümmern. Sie tat es klaglos und verdrängte ihr eigenes Unglück zugunsten zugesicherter Pflicht.

Mein Aschenputtel ist gar kein Aschenputtel.
Sie ist die Königin der Menschlichkeit.
Ich werde auf ihr Fischlein achten.

(DIS)HARMONIE

Ich hinke hinterher.

Gefühlsmäßig.

Das ist mir nie zuvor passiert.

Mein Empfinden hängt fest – irgendwie.

Das Leben lebt sich gerade so merkwürdig dahin. Die Gleichförmigkeit ist ungewollt.

Eigentlich ist es auch keine Gleichförmigkeit. Eher ein unangenehmes Gewöhnen an all die unplanbaren, nicht vorhersehbaren Besonderheiten dieser surreal erscheinenden Mangelmonate. Der Sommer scheint sich langsam zu verabschieden. Das Jahr kehrt mir schon den Rücken. Doch trotz aller seiner Widrigkeiten kann ich mich nicht dazu hinreißen, zu sagen: »Soll es doch!«

Auf dem Marktplatz wetteifern die späten Gesellen um die Gunst der Käufer. Pilze, Kürbis und Pflaumen malen in satten Farben den Beginn des Endes. Wieder einmal. Eine beruhigend repetitive Beständigkeit im kaum fassbaren Tohuwabohu dieser Tage.

Äpfel leuchten im satten Wechsel von tiefem Rot und leuchtendem Grün. Ich wische mir einen kitzelnden Spinnenfaden von den Wangen und betrachte schmunzelnd, wie das Laub, mit den bunten Auslagen streitend, raschelnd zu Boden flammt und sich zu größeren Ansammlungen häuft, als derzeit erlaubt sind.

Irre!

Der Herbst kommt sonst immer dann, wenn ich für ihn bereit bin. Oder sollte ich sagen, ich empfange den Herbst gewöhnlicherweise mit offenen Armen, wenn er beginnt, seine erdige Schönheit zu enthüllen. Das trifft es wohl eher, denn ich halte die Zügel des Wandels nicht in der Hand und zähle vielmehr zu den Gelenkten.

Ich schwelge dann, wenn die Natur sich auf ihren Winterschlaf vorbereitend zurückzuziehen beginnt, in ihrer letzten ungehemmten Maßlosigkeit und kann mich nicht losreißen von Beerenblut und Holundertinte, von Pfifferlingssamt und Zwetschgenblau. Jahr für Jahr hole ich mir all das Bunt ins Haus. Lege dann Haselnussrund in Schalen, fülle Kastanienbraun in Gläser und stelle seidenes Rabenfederschwarz neben Zweige voller orangeglühender Perlen in Vasen.

Heute Morgen jedoch, als ich den Familienwochenendeinkauf erledigte und im Supermarkt plötzlich die stolzen Neuankömmlinge in der Gemüseabteilung sah, einige Ecken weiter sogar auf erste Lebkuchen und Stollen traf, dachte ich mir nur ärgerlich: »Hey, was wollt ihr denn alle schon hier?«

Mein Sommer hat doch noch gar nicht richtig begonnen! Über den Ausfall täuschen auch nicht meine in Sandalen steckenden bloßen Füße hinweg. All die Dinge, die mir sonst die Monate von Mai bis August füllen, fanden nicht statt, durften nicht sein, wurden an- und dann doch wieder abgesagt.

Gefühlt stecke ich seit Monaten voller vorfreudiger Erwartung im Frühjahr fest. Ich bin noch nicht fertig, mit der Sommerlaune, die sich in seltsamer Zurückhaltung übt.

Und nun meldet der Herbst plötzlich vehemente Ansprüche an. Das ist doch wie früher einst: Überholen, ohne einzuholen ...

Etwas verdrießlich kicke ich eine Eichel vom Weg, pflücke mir einige Knallerbsen und springe, sie vor mir auf den Weg rollen lassend, energisch und leicht verärgert auf diese. Es knackt und matscht und, na gut, macht schon Spaß.

Dennoch! Ein verlorener Sommer hinterlässt Wehmut und einige Tränen, aber nun werde ich die Nebelgeister in der Morgensonne suchen gehen und lasse Ahornsamen von meinem Sitz in den Ästen heruntertrullern.

Balancesuchend stellte sich ein wenig Balance ein und lässt mein eigenes Ungleichgewicht für einen Moment verfliegen.

EIN TROPFEN, DAS MEER

Wir schauen aufs Wasser und rätseln, an welcher Stelle der Haubentaucher den Kopf wieder aus den Wellen recken wird.

Der Punkt, an dem er in die dunkle Tiefe entschwand, verflüchtigt sich schon zusehends und vergisst sich selbst in weit auseinandertreibenden Kreisen.

Wir atmen ein.

Und wir atmen aus.

Einmal.

Zweimal.

Unzählige Male.

Leise glucksend plätschern kleine Wellen ans Ufer. Fern überm metallenen Spiegel empört sich lautstark eine Ente, während sie mit viel Getöse, Geflatter und wirbelnder Tropfenschlacht dem nicht ersichtlichen Grund ihres Ärgernisses entfliegt.

Ein zartes Lächeln entspringt Deinem Mundwinkel und setzt sich, ohne innezuhalten, fort, bis es ebenso beglückend entlang meiner Lippen fließt.

Im Schilf spielt der Wind. Ganz feine Lieder entlockt er den raschelnden Saiten und lässt sie als silbrige Melodien übers Wasser treiben. Die Vögel in den Zweigen der ufernahen Bäume picken sich dankbar die ein oder andere neue Weise heraus und versehen sie mit wohlklingend zwitschernden Texten. Die Natur spielt uns ein Konzert und wir folgen andächtig.

Mit dir kann ich schweigen.

Ein Geschenk!

Wir schauen still ins Grün am gegenüberliegenden Ufer des Sees und sind uns wortlos einig.

Häufig sprechen wir.

Tauschen uns aus und hören einander zu.

Vertrauen uns an oder nehmen Vertrauen entgegen.

Streiten wohlwollend.

Erzählen von Erlebtem oder lauschen gespannt den Bildern aus der anderen Vergangenheit.

Wir diskutieren, wir erörtern, wir machen Mut und geben Verzweiflung zu.

Wir lachen.

Oh ja, wir lachen und haben Freude aneinander und miteinander.

Zahllose Gespräche mit vielen sind mir über die Jahre im Ohr geblieben. Manche gar im Herzen. Kaum eines möchte ich missen. Unterhaltungen, ganz nah mit vertrauten Menschen, die mir immer wieder den Wert des Lebens zeichnen und Unterhaltungen mit vermeintlich Fremden, die völlig überraschend in Sekunden zu intimen Einblicken luden.

Welch ein Vertrauen!

Von beiden Seiten!

Ein Potpourri der Zwischenmenschlichkeit in Wortgewaltigkeit und Wortknappheit.

Auch unsere Gespräche sind vielerlei Art. Überlebenswichtig oder einfach nur informativ.

Brücken schlagend, verspielt und inspirierend.

Manche sind bedeutungsschwer, andere nahezu belanglos oder erheiternd, zuweilen auch befreiend.

Aufwühlend und leidenschaftlich oder kopfzurechtrückend und ermutigend.

Und dann schweigen wir ab und zu.

Und es sind genau diese leisen Momente, die mir den Schatz unserer Verbundenheit vor Augen führen.

EKLIPSE

Wie begegnet man der eigenen Ohnmacht?
Wenn die Schultern sich inwärts neigen und zu schmal für das lastende Ziegelturmhoch werden. Wenn lautlos fast Hoffnung und Kraft beginnen, gemeinsam zu versterben.
Das Siechen des Mutes zwingt mich zurück.
Täglich verliere ich nun Land.

Stück

für
Stück

für
Stück.

Der Abstand wird größer.
Zunehmend.
Ich sehe meist nur zu.
Lasse mich treiben.
Gezwungenermaßen.
Meine festen, dick besohlten Schuhe habe ich unterwegs verloren.
Ich erinnere mich nicht.
Die Spuren, denen ich jüngst folge, immer dann, wenn ich mühevoll versuche, die Augen im Widerschein zu öffnen, sind nicht meine eigenen.
Sie sind zu eng.

Sie sind zu weit.

Zu tief.

Zu flach.

Egal, ob ich ausschreite oder gedrängten Platzes in ihnen entlang tippele – sie passen mir nicht.

Der Boden wird Stein, springe ich darauf. Er zerkratzt mir die bloßen Sohlen.

Betrete ich ihn mit Bedacht, sucht er, mich in grundlosem Schlamm schlingernd zu Fall zu bringen.

So irren die Füße im fauligen Treibsand.

So erblinden die Augen in mondloser Horizontlosigkeit.

So biegt sich der Rücken im sinnlosen Versuch zu tragen.

Noch habe ich Hände.

Zu sehen im Dunkeln.

Zu tasten im Nebel.

Zu tragen, das pochende, lebende Herz.

Die geschundenen Zehen krallen fest am Grund.

Ich habe Angst, auszugleiten.

Ich erkenne den Weg nicht.

Sollte ich stürzen, werde ich meine Hände brauchen, abzufangen den Fall.

Doch wer hält mir dann den Schmerz?

ELEFANTEN AM STRASSENRAND

In diesem Jahr, in dem nichts mehr war wie je zuvor, ereigneten sich die wunderlichsten Begebenheiten, von denen zu berichten, es ein wahres Muss ist. Wie denkbar schlecht wäre es, könnten wir denen, die uns nachfolgen werden, nicht mehr die ganze Geschichte erzählen, weil in der Fülle der Gedanken und Ereignisse, kleinste Erlebensbilder stetig unwiederbringlich ins Vergessen fallen, bis kaum noch ausreichend Puzzleteilchen übrigbleiben, um ein ganzes Bild zu setzen.

Es standen Elefanten an der Straße.

Sie grasten gemütlich tänzelnd und zufrieden sich selbst wiegend das Grün des Wiesensaumes. Viele Autos kamen vorbei, denn die Elefanten standen direkt neben der Hauptstraße. Die Fahrer der Autos bremsten ab und alle Insassen staunten.

Ein langer Stau entstand und niemand, wirklich niemand hub an, über das sich immer weiter ausdehnende zeitliche Hindernis zu schimpfen.

Am nächsten Tage an gleicher Stelle freuten sich die Leute sogar schon vor der großen Kurve, dass es nur noch schrittweise voranging, denn sie wussten, sie sind noch da, die Elefanten. Das stimmte kribbelig erwartungsfroh, noch ehe man die grauen Dickhäuter überhaupt erblicken konnte.

Davon sollten wir berichten. Unbedingt!

Vom kleinen Wunder der großen Tiere am Wegesrand, die so selbstverständlich Gras rupften, als seien sie Kühe und den Menschen damit Zeit zum Staunen schenkten. Wo hat man so etwas hierzulande jemals gesehen?

Elefanten!

Drei sanfte Riesen einfach so auf der Weide direkt an der Bundesstraße.

Einige Tage später sahen wir zwischen den bunt bemalten Bauwagen sogar zwei Tiger, die in der Mittagssonne auf der Wiese ihre vorgegebenen Wege mit geschmeidigen Schritten abmaßen. Es sollte unbedingt dazu gesagt werden, dass die Tiger weniger selbstbestimmten Müßiggang genossen, denn ihr Freiluftsitz war mit reichlich glänzenden Gitterstäben umbaut. Das führte dazu, dass die Leute in ihren Autos auf der großen Straße weiter entspannt mit heruntergelassenen Fensterscheiben und tellergroß aufgerissenen Augen am Geschehen vorbeitrödelten.

Wären rund um das exotische Tieridyll nicht am laufenden Meter hastig bemalte Spruchbänder zu sehen gewesen, hätte man aus dem Staunen gar nicht mehr herausgefunden.

In großen Lettern, die höchstwahrscheinlich mit flüssigem Rot und dicken Pinseln aufgetragen wurden, denn von jedem einzelnen Buchstaben rannen längst getrocknete Farbnasen wie blutende Tränen, standen Hinweise geschrieben: »Futterspenden willkommen. Voranmeldung erwünscht. Telefonnummer ...«, »Vorerst keine Veranstaltungen«, »Zirkus ist auch Kultur! Staatliche Hilfen – jetzt!« ...

Vermutlich liegt genau darin das Problem, dass der Zirkus eben auch ein Teil der Kultur ist ...

ENG BEGRENZT

»Was ist eigentlich das Gruseligste, dass du je erlebt hast?«

Wir sitzen in Familie am Frühstückstisch. Es ist der zweite Weihnachtstag und wir lassen uns in feiertagsfauler, friedvoller Atmosphäre treiben. Selbst zwischen den Kindern herrscht gerade Waffenstillstand und sie nutzen die Pause zwischen Ausloten, Grenzverteidigung und Gunstgerangel, um sich zufrieden durch die Weihnachtsfutterberge zu kosten.

Wer denkt da schon übers Gruseln nach?

Die Kleine antwortet vollen Mundes kauend mit einer wirren Geschichte aus Fantasie und kürzlich gelesenem Märchen. Die Große erwidert, dies wäre Kinderkram. Das meinte sie nicht mit ihrer Frage. Stattdessen gibt sie ihre Erinnerung des größtmöglichen Grusels preis. Einst, als wir den Papa an einem Freitag vom Bahnhof abholten, war dieser von reichlich angetrunkenen Fußballfans nach einem gewonnenen Spiel der Lokalhelden bevölkert. Die damals Dreijährige war nie zuvor und auch nie wieder danach schneller auf meinem Arm in sicherer Höhe, als die bierselige Meute urplötzlich laut grölend im Chor ihre Vereinschoräle anstimmte. Die Erinnerung an diese geballte männliche Brachialemotion hat sich tief in ihr Gedächtnis eingegraben und lässt sie noch heute erschauern.

Es entspinnt sich ein zunehmend hitziges Gespräch am Küchentisch, im Laufe dessen die Kinder den Gruselfaktor ihres jeweiligen Beitrags bewerten und der Göttergatte glücklicherweise regulierend die Moderation übernimmt.

Aus Frieden entspann sich im Handumdrehen ein gewohntes Kräftemessen und ich lehne mich dankbar zurück, dass die Probleme der Kinder in der Tat ausschließlich Kinderkram sind, während sie sich um das Leben, ihr Aufwachsen und ihre Zukunft keine wirklich schwerwiegenden Gedanken zu machen brauchen.

Mit wahrhaft tiefster Erleichterung stelle ich dank der Schilderung des mächtigsten Gruselerlebnisses der großen Tochter fest, dass ihre Erinnerung ein völlig anderes, glücklicherweise unbedrohliches Ereignis zum Inhalt hat, als das, was in meiner Gedankenwelt seit Jahren unerbittlich nachhallt. Denn die Begebenheit, die mir auch heute noch ein eisiges Frösteln auf die Haut zwingt, erlebten wir gemeinsam und noch größer als die akute Angst, die ich damals verspürte, war für lange Zeit meine Furcht, die Erinnerung an das Erlebte könne des Kindes unbefangenes Seelenheil nachhaltig verdunkeln.

Sie war gerade sieben Jahre alt und ich nahm sie mit in die große weite Welt, damit sie diese kennen und achten lerne mit all ihren Besonderheiten und Andersartigkeiten. Damit sie sehen könne und verstünde, dass das Fremde in der Ferne nur eine weitere Möglichkeit unter vielen ist und das Eigene kein Dogma sei.

Rückblickend scheint dieser Plan in seiner Umsetzung geglückt. Sie schaut mit offenen Augen, nimmt wahr und stellt fest, ist interessiert und neugierig, ohne dabei der Einfachheit halber, Bekanntes in Richtig und Unbekanntes in Falsch zu sortieren.

Interessiert und neugierig, das bin auch ich. Unbedarft wie ein Kind zuweilen noch dazu. Und das ist nicht immer ein günstiger Wesenszug.

Über 80 Jahre schon fand im sonst so verrufenen Süden Chicagos die Bud Billiken Parade am ersten Sonntag im August statt. Eine stolze Show voller Tanz und Musik und Lebenslust und friedvoller Feierlaune. Noch nie hatte es in all den Jahrzehnten einen gewaltsamen Zwischenfall am Tage der Parade gegeben. Der erste Augustsonntag kennzeichnete bis dato die wohl sichersten vierundzwanzig Stunden des Jahres in Chicagos Süden, einem Ghetto, das weltweit für ausufernde Gewalt, nicht einzudämmende Bandenkriege, Messerstechereien und tägliche Tote durch Schusswechsel bekannt ist. Ein ganzer Stadtteil in dieser Millionenmetropole, in dem man nicht einen einzigen Menschen mit heller Hautfarbe auf den Straßen sieht.

Es hat uns nicht gekümmert, dass diese Gegend einen derart kriminellen Ruf genoss. Wir fühlten uns sicher, denn wir wollten nur eintauchen in den Trubel der Bud Billiken Parade.

Es war ein Tag der ganz besonderen Eindrücke. Zusammen mit unserer Begleitung waren wir tatsächlich die einzigen drei Weißen in einem Meer von dunkler Haut. Dies erstaunte mich recht. Warum kamen die Leute aus den weißen Gegenden nicht, um mitzufeiern? Wo waren all die Latinos aus den spanischen Bezirken? Wieso blieben die asiatisch stämmigen Bewohner des angrenzenden China Towns der Parade fern? Warum blieb man so unter sich und mied das Miteinander? Wirklich erstaunlich! Oder gab es den metropolitischen Schmelztiegel der Kulturen offensichtlich nur tagsüber im sowohl seelen- als auch bewohnerlosen Büroetagenwolkenkratzerdowntown?

Wir wurden freundlich aufgenommen und mancherorts auch etwas verwundert beäugt. Und wir feierten ausgelassen mit.

Mein kleines blondbezopftes Mädchen bewunderte die liebevoll frisierten schwarzgelockten Köpfe der Kinder in ihrem Alter und knüpfte trotz Sprachbarriere schnell Kontakt. Sie aß knallbuntes Gebäck mit der Großfamilie zur Linken, alberte mit den Kindern herum und wir kauften einige Schritte weiter irgendwelche gegrillten Snacks aus irgendwelchem Fleisch, die ein gutgelaunter Hüne in einer als Grill umgebauten Tonne zubereitete. Ich habe wirklich keine Ahnung, was genau wir speisten, aber es schmeckte fantastisch. Die Leute tanzten, sangen, aßen und tranken, saßen in mitgebrachten Klappstühlen am Straßenrand oder liefen mit der Parade mit.

Ein Feuerwerk an Eindrücken!

Irgendwann nach etlichen Stunden wurde es uns zu heiß, denn die Sonne brannte unerbittlich und wir traten den Rückzug an. Die Gruppe junger Männer, die in einem merkwürdig engen Block aus nahezu zusammengepressten Leibern auf uns zu kam, erschien mir schon etwas seltsam. Entgegen der überall herrschenden Höflichkeit, lösten sie ihre Formation nicht, um Entgegenkommenden Platz zu verschaffen.

Die nur Sekunden, nachdem die Jugendlichen uns passiert hatten, fallenden Schüsse aus einer Pistole nahm ich erst als solche wahr, als die Menschen um uns herum panikartig auseinanderstoben, während sie schreiend und rennend in alle Richtungen flohen. Ich dachte tatsächlich zunächst, jemand hätte einige Böller gezündet. Wir rannten auch, so schnell wie nie zuvor. Es ist uns nichts passiert. Die Schüsse fielen keine zehn Meter entfernt.

Ich träume zuweilen noch von diesem Tag.

Ich war dort mit meinem Kind.

Jegliches Gedankenspiel geht ins Unermessliche!

Sie hat es nahezu vergessen. Wir, die Erwachsenen, spielten das Geschehene in ihrer Gegenwart herunter und lenkten erfolgreich ab.

Abends saßen wir da, umklammerten ein Glas mit rotem Wein und sahen uns nur an.

Sprachlos.

Der Mensch ist doch überall nur Mensch.

Warum trennt er?

Warum hasst er einander?

Warum trachtet er nach Leben?

Wieso lernt er nicht dazu?

Wo ist die Toleranz, die Liebe und die Menschlichkeit?

Warum wiederholen sich die schlimmsten Fehler immer wieder und wieder und wieder?

Warum nur?

Warum?

EVOLUTION

Die Kleinen hüpfen aufgeregt fiepend und piepsend, manchmal fast kullernd der behäbig watschelnden Alten nach, die hier und da einen schnarrend-quakigen Laut von sich gibt, wenn die aufgeregte Entourage hinter ihr zu sehr aus der kaum geradlinigen Marschformation gerät.

So bahnt sich die illustre Schar ihren Weg vom Kinderzimmer im Holunderbusch zur Kanuanlegestelle unten am Fluss.

Am Wasserlauf angekommen, wartet die Vogelmutter einen kleinen Augenblick, damit auch das trödelig-verträumte Küken ganz am Ende des fedrigen Familienbandes den Anschluss schafft.

Einige Sekunden des Innehaltens nur, doch ausreichend, die Schar kleiner gelb-braun getupfter Federbällchen in alle Richtungen auseinanderstieben zu lassen, als hätte der Wind eine sanfte Böe gesandt, das lustige Durcheinander geschnäbelter Flöckchen aufzuwirbeln.

Ein energisches, tiefes Schnattern und bestimmtes Flügelschlagen des Muttertiers und schon kehrt verschüchtert ehrfürchtige Ruhe ein.

Wassertropfen zerplatzen in alle Richtungen und das nun fast zärtlich klingende Locken der Ente verführt ein jedes Vogelkind nach und nach, mit einem beherzten Satz ins unbekannte nasse Element zu springen. Blinden Vertrauens folgen sie eins nach dem anderen der Mutter in eine neue Welt, völlig unwissend, was zu tun ist und instinktiv ein noch schlummerndes, angeborenes Verhalten imitierend, was nur zum Leben erweckt werden muss. Kaum haben sich die kleinen Füßchen sortiert, schwimmen sie plötzlich so elegant und selbstverständlich in Reihe, als hätten sie schon immer gewusst, dass es genau so sein soll.

Vorbei das muntere Durcheinander, Purzeln und Stolpern entlang des Pfades durch das hohe Grün der Uferwiese. Einzig das letzte Entenkind bricht immer wieder forsch mit der sich tänzelnd auf dem Wasser windenden Perlenschnur aus Federvieh. Es schaut ein wenig nahe des Ufers entlang der überhängenden Böschung, bestaunt das Glitzern der Sonnenstrahlen auf dem sanften Wellenspiegel und lässt sich mit mutig gereckter Brust als Teil der Strömung treiben. Irgendwann verschwindet das fluffig-frohe Gewirr der gefiederten Kinderstube hinter der nächsten Biegung des Flüsschens und bald schon ist auch die lustige Begleitmelodie jauchzender Jubelrufe mit dünnen Stimmchen nicht mehr zu vernehmen.

Was bleibt, ist ein warmes Gefühl im Herzen, ein amüsiertes Schmunzeln ob des lieblichen Schauspiels und die felsenfeste Überzeugung, dass die Welt gerade tatsächlich absolut im Lot sei.

Es scheint bei den Enten offensichtlich genauso wie bei den Menschen zu sein. Die meisten folgen – mehr oder weniger brav und angepasst – dem, was allgemein als der Pfad der Tugend definiert wird. Ungeschriebene Normen und Regeln bestimmen das Zusammenleben und die Hierarchie im Miteinander.

Nur der, der den Schneid aufbringt, hier und da aus der Reihe zu tanzen und eigene Wege einzuschlagen, entdeckt wirklich Neues und Spannendes. Findet vielleicht sogar sein Glück ... kommt er nicht zu weit vom Wege ab oder findet gar nicht mehr zurück.

Horizonterweiterung bedingt allerorts ein großes Maß an Risikobereitschaft. So wird man ohne Mut vielleicht nie die Sonne entlang des Lebenspfades leuchten sehen und sich stets nur von matten Abbildern erzählen können.

GESPRÄCHSBEDARF

In diesem Sommer erklingen wieder Kampflieder in den Kirchen des Landes.

Nie zuvor saßen die Menschen entfernter in den Bänken und waren einander gleichzeitig so nah.

Nach Zeiten der Ohnmacht und Stille folgt das Aufbegehren. Ein Regelwerk in der Natur des Menschen. Glücklicherweise!

Wir singen zusammen übers Wetter und hoffen, der Wind wird die Botschaft in alle Himmelsrichtungen tragen.

Lasst uns übers Wetter reden!

Mit denen, die meinen, sie könnten uns vor ihren Karren kruder Ideen spannen.

Mit denen, die uns erzählen, dass die Gesellschaft leichten Herzens die Alten und Schwachen opfern solle, damit die Jungen und Fitten nicht verzichten müssen.

Mit denen, die denken, dass es sich nicht lohnt, auch den Menschen unter die Arme zu greifen, deren Wert sich nicht in Kennzahlen wie Eigenkapitalrentabilität oder Anlagendeckung beziffern lässt, weil sie nie eine solche Bilanz erstellen.

Mit denen, die nur Beifall klatschen und nichts abzugeben bereit sind. Mit denen, die die Menschen in verschiedene Grade der Systemrelevanz unterteilen. Eine Kategorisierung, die mich fassungslos zurücklässt. Selten hat ein einzelnes Wort mehr Übelkeit über menschliche Grausamkeit ausgelöst!

Ist nicht ein jeder so relevant wie der andere?!

Mensch ist Mensch!

Da gibt es nicht einen Grund von besser oder schlechter!

Lasst uns übers Wetter reden!

Jetzt und hier!

Es ist so dringend nötig und du sollst wissen, was mir auf der Seele brennt!

Ich höre mir ebenso an, was du mir sagen möchtest.

Ich werde mit dir übers Wetter reden.

Sprich über das, was dich bewegt.

Bist du beunruhigt?

Das bin ich auch.

Hast du Angst?

Glaube mir, auch mir flößt die Ungewissheit Unbehagen ein.

Doch wisse wohl, es gibt sie nicht, »die da oben«, die die Schuld tragen an dem, was »die da unten« alles erdulden müssen.

Du entscheidest allein, wer du sein möchtest.

Und vergiss nicht, wann immer du unsicher bist und im Nebel die Wege, die vor dir liegen, nicht erkennen kannst, müssen wir übers Wetter reden.

Ich kenne deine Spur nicht. Aber ich kann dir berichten, wovon ich weiß. Ich werde dir sagen, dass du nicht zurückgehen kannst, denn die Schritte, die du bereits gesetzt hast, kehren nicht unter deine Fußsohlen zurück.

Bleibst du einfach stehen und verharrst, wirst du nie erfahren, wohin dich das Leben noch führen kann.

Ich werde mit dir übers Wetter reden und dir berichten, dass nach Regen immer Sonne folgt.

Irgendwann.

Manchmal dauert dies ein wenig.

Aber niemals bleibt das Wetter, wie es ist.

Ein jedes Eis taut eines Tages und nach dem Sturm stellt sich Windstille ein.

Also, lass uns singen und reden.

Übers Wetter, über dich und über mich.

HAB UND GUT

Dieser kurze Moment beseelten Glücks, den ein jeder dann und wann erlebt – ist er dann mein Eigentum oder nur ein geliehener Splitter, kurzzeitig entrissen dem Strom der Zeit? Vergängliche Flüchtigkeiten, die nachwirken, die versonnen zur inneren Einkehr einladen und doch nie wiederkehren.

Was bleibt, ist einzig ein Gefühl, ein Erinnern, ein sich erneut ins Gedächtnis rufen, gleich einer vagen Duftspur in der Seele. Furcht bricht sich dann Bahn, dass diese Ahnung vom Gestern sich irgendwann verlieren wird, um dann kaum noch wahrnehmbar zu sein im riesigen Mahlstrom der täglichen Eindrücke, stündlichen Wirrungen, minütlichen Anforderungen und sekündlichen Bilderwechsel, die ein jeder in sich selbst anhäuft.

Deine Hand auf meiner Schulter. Dein Blick, der meinen trifft für eine flüchtigen Augenblick nur und doch zu lang. Deine weichen Lippen auf den meinen.

Was wird hiervon überdauern?

Schließe ich die Augen, spüre ich erneut den sanften Druck deiner Handfläche auf meinem Schulterblatt. Warm und beglückend wohltuend. Da ist auch das vorsichtig subtile Tasten deiner Fingerspitzen erneut fühlbar. Die unzähligen ungestellten Fragen, die in diesen kaum wahrnehmbaren Berührungen mitschwangen. Und ich sehe ein weiteres Mal meinen Blick in deinem gespiegelt. Unwissend, welche Worte deine Gedanken formten und dennoch wohlwissend, dass sie den meinen nicht so unähnlich gewesen sein mussten.

Gewogen, liebevoll und wehmütig umhüllen mich deine Augen wie ein schützender Mantel – in der Erinnerung.

Der Geschmack deiner Lippen stellt sich abermals ein und völlig unbewusst ziehe ich mit meiner Fingerspitze die verblasste Linie auf meinem Mund nach, die dein Kuss einst gezogen hat. Ein Feuerwerk an Wohlbefinden brennt ganz leise ab und wirkt nach.

Immer wieder.

Und dennoch nicht mehr zu greifen.

Es ist mein ganz eigenes Zurückschauen auf Augenblicke, die es wahrhaftig gab für mich.

Also gehören sie mir auch – oder nicht? Sind sie doch nicht dinglich oder wenigstens festgehalten in einem Foto oder Video, dass sich veränderungslos wiederkehrend betrachten lässt und mich deshalb an meiner Berechtigung, diese bereits gelebten Begebenheiten bedingungslos mein Eigen zu nennen, zweifeln lässt.

Verhält es sich mit solcherlei Momenten nicht ähnlich wie mit Gefühlen, also Liebe, Freundschaft und Zuneigung, die einem durch einen anderen Menschen zuteilwerden? Emotionen, die ein wahres Geschenk darstellen, aber kein Recht auf Verbleib mitbringen? Liegt es eben doch nicht in der eigenen Hand, ob sie nur ein kleines Fenster im Ablauf der Zeit sind oder sie gar einen langen gemeinsamen Weg säumen. Verlässlich sind derartige Erinnerungen keinesfalls. Der Lauf der Jahre, das eigene Wachsen am Leben und der damit stets in Veränderung begriffene Blick auf dieses, führen zu immerfort neuen Perspektiven, mit denen man sich den Eindrücken aus der Vergangenheit nähert.

Vielleicht vernebeln längst gewesene Augenblicke sogar gänzlich, weil sich Wahrheit irgendwann mit Wünschen vermischt?

Ist es nicht so, dass sich Kleinigkeiten im Puzzle der Rückbesinnung fortwährend verlieren und unaufhörlich durch vermeintlich Passendes ersetzt werden?

Bis schließlich nur noch das sehnsüchtig-bewahrenswerte Gefühl zurückbleibt, dass da einmal etwas sehr, sehr Schönes stattgefunden haben muss, welches sich aber längst nicht mehr in verlässlichen Bildern oder Worten spiegeln lässt.

Und dann versteht man wehmütig, dass nichts ewig währt und es in der eigenen Vergänglichkeit keinen Anspruch auf Besitz der wirklich wichtigen Dinge gibt, die die unbeständige Substanz des eigenen Lebens ausmachen ...

HEIMATSUCHE

Irgendwann kommt der Moment, in dem man versteht, dass man nie wieder irgendwo ganz zu Hause sein kann. So wie damals als Kind, als die Welt geordnet und überschaubar begrenzt schien.

Dieser fest verankert geglaubte Hafen lässt sich niemals mehr ansteuern, weil man schon zu viel gesehen und das Herz stückweise an verschiedene Orte dieser Welt verschenkt hat.

Manche dieser Orte sind reale Plätze, verbunden mit einer bestimmten Empfindung und oder einem wirklichen Erlebthaben. Andere finden sich in den Menschen wieder, denen man begegnet ist und die einem fortan im Gemeinsamen verbunden sind.

An die Stelle eines jeden einzelnen dieser Splitter, die weit verteilt im Irgendwo zurückgeblieben sind, tritt ein bittersüß-zehrendes Gefühl.

Fernweh.

Sehnsucht.

Wehmut.

Man kann es nennen, wie man will. Es wird zum steten, rastlosen Begleiter, der einen heute mit dankbarem Glück erfüllt und morgen vielleicht schon verzweifelte Tränen die Wangen entlangrinnen lässt.

IRGENDWO IN BRANDENBURG

Ich sah sie sitzen.

Aufmerksam hörte sie einem älteren Herrn neben ihr zu, der mit belehrender Stimme den Inhalt eines offenbar behördlichen Schreibens vortrug. Mehrfach mahnte er sie, möglichst nicht zu unterschreiben. Ihr Gesicht sprach Unverständnis und Hilflosigkeit, während ihre knochigen, von papierdünner Haut überzogenen Hände die Kaffeetasse umklammert hielten.

Eine weitere alte Dame zur rechten Seite des ebenso betagten Herren wirkte ganz unbeteiligt am Gespräch und ließ ihren Blick stattdessen in die üppige Weite der überschwänglich herbstfarbenen Gartenanlage hinter dem Café schweifen.

»Also unterschreibe ich das nicht, ja?« mit unruhigem Blick erfragte sie ein weiteres Mal, was er ihr bereits vielfach versichert hatte.

»Nein, ich würde dir davon abraten, zu unterschreiben«, gab der Herr in heller seniorentypischer Kleidung zurück und platzierte eine blasse, muschelgraue Schirmmütze auf seinem nahezu kahlen Haupt. Er erhob sich und die bisher schweigsame Dame zu seiner Rechten tat es ihm in perfekt synchroner Symbiose gleich.

Einzig die, die nicht unterschreiben sollte, verstand die unausgesprochenen Zeichen nicht. Sie setzte überrascht ihre Kaffeetasse hastig klappernd auf der Untertasse auf, um sogleich den zweifach längs gefalteten Brief und ihre Brille in der Handtasche zu verstauen und den beiden anderen, die sich schon einige Schritte vom Gartencafétisch entfernt hatten, zu folgen.

Wieder bemerkte ich ihre anrührende Unsicherheit, als sie sich nochmals umblickte, um sich zu vergewissern, auch wirklich nichts vergessen zu haben. Noch während sie sich umschaute, sprach sie plötzlich mit sich selbst: »Was soll ich nur tun? Soll ich das wirklich nicht unterschreiben? Es war doch nur zwei Wochen, bevor er verstorben ist …«

Ihr Satz verlor sich unvollendet im Vogelgezwitscher und Stimmengewirr.

Sie ging mit vorsichtig gesetzten Schritten.

Ich sah ihr nach und verspürte ein diffuses Gefühl der Erinnerung in mir aufsteigen. Das dunkelbraun gefärbte Haar trug sie halblang mit sorgsam gelegten Wasserwellen. Den Pony hatte sie mit einem wahrlich altmodischen braunen Schmuckkamm nach hinten gesteckt. Eine Frisur aus den vierziger Jahren des vergangenen Jahrhunderts.

Plötzlich wusste ich genau, warum sie meine Aufmerksamkeit so magisch auf sich gezogen hatte.

Sie erinnerte mich ungemein an meine Oma, die Mutter meines Vaters.

Auch diese wandelte mit dieser oft unsicher, gar unbeholfen anmutenden Art durchs Leben. In ihrem Haar, das sie ebenso braun färbte, steckten ähnliche Plastikkämmchen. Und sie trug den gleichen Gesichtsausdruck, wenn sie einforderte, dass man ihr etwas aus dieser neumodischen Welt erläuterte, sie aber keinen Zugang zu diesem Sachverhalt fand.

Und dann rief ich mir dieses Leben, dass meine Großmutter geführt hatte, ins Bewusstsein. Ihre mitunter verklärte Weise, das Dasein um sie herum wahrzunehmen. Mit einem Mal entwickelte ich Verständnis dafür, dass sie so oft in einem anderen Universum zu weilen schien.

Vielleicht hätte auch ich mich entschieden, in Traumwelten zu flüchten, wäre mir ihr Leben widerfahren?

Ihre erste große Liebe, ein Mann, mit dem sie, alle gemeinsamen Tage zusammengerechnet, kaum ein halbes Jahr verbracht hatte. Den sie in Windeseile geheiratet hatte, weil der Krieg vor der Tür stand. Den sie eigentlich kaum kannte und in der Erinnerung fortwährend überhöhte, obwohl zwischen den Zeilen der Geschichten, die sie erzählte, deutlich zu vernehmen war, dass es ein streitbarer, jähzorniger, selbstgerechter Mensch gewesen sein muss, dieser Opa, den ich nie kennenlernte. Der Vater meines Vaters, der am letzten Kriegstag, dem einen Tag vor der Geburt meines Vaters auf einem der letzten deutschen U-Boote irgendwo vor Norwegen unterging und eines furchtbaren Todes starb. Oh, Ironie des Schicksals! Eine unbarmherzige Bestätigung des alten Spruches: Eins kommt, eins geht.

Und doch, trotz der nicht gelebten Zeit als Ehepaar, blieben meiner Oma gleich zwei Kinder aus den einzigen beiden Heimatbesuchen ihres Mannes. Sie machte nie einen Hehl daraus, dass sie sich vom Schicksal betrogen fühlte und die beiden Kinder oft als ihr auferlegte Bürde betrachtete.

Sie wurde ausgebombt und musste in den letzten Kriegstagen fliehen, mit einem Kleinkind auf dem Arm und meinem Vater im Bauch, der viel zu früh geboren wurde und sich eisern ins Leben kämpfte, obwohl ihm niemand eine Chance auf ein Überleben gab.

Nur Entbehrung, Angst und Verlust in genau diesen Jahren, die junge Leute heutzutage ganz selbstverständlich dazu nutzen, die Welt zu erobern und eigene Grenzen abenteuerlustig auszuloten. Dann gab es eine zweite Heirat mit einem Mann, der sie zeitlebens verehrte und auf Händen trug, einzig, dass sie ihn nie liebte und nur aus wirtschaftlichen Gründen das Eheversprechen gab. Sie wollte die Kinder versorgt wissen.

Mir dagegen brach es das Herz, wenn ich manchmal beobachtete, wie sie unwirsch die Hand wegzog, wenn der Mann, den mein Vater voller Liebe seinen Vater nannte und ich meinen Opa, die ihre zu streicheln versuchte. Nun, in der Erinnerung blutet mir das Herz für beide, und es tut mir leid, wie diesen beiden Menschen die Jugend und die Zukunft unwiederbringlich geraubt wurde.

Ich erkenne nun, wie eine Zeit die Menschen zu dem gemacht hat, wie sie es sich wahrscheinlich selbst niemals erträumt hatten, zu sein.

Und ich würde meiner Oma heute so gern sagen, dass ich es bereue, sie manchen Tag insgeheim verurteilt zu haben, weil sie sonderbar weltfremd war und meinem Opa nie Wärme entgegenbrachte, obwohl er es so verdient gehabt hätte.

LAUT UND LEISE

Neulich wurde ich gefragt nach dem schönsten Moment in meinem Leben.

Verblüffend!

Als wäre es schon an der Zeit, Bilanz zu ziehen ...!

Ich blieb die wahre Antwort schuldig, obschon diese sofort bereit lag. Stattdessen antwortete ich lapidar, es hätte viele solcher Momente gegeben und sich zu entscheiden, wäre kaum möglich. Das war dem Fragenden sogleich Antwort genug und er nutzte dies, mir von seinen Erlebnissen zu erzählen. Es waren die gewöhnlichen Dinge, von denen er berichtete. Das erste Auto. Eine tolle Reise an ein Ziel aus dem Hochglanzkatalog. Der Doktortitel. Die große Hochzeit und weiteres füllte eine ganze laut tönende Liste von Ereignissen und Errungenschaften. Vermutlich wechselt die Reihung je nach Bedarf.

Nichts dergleichen würde ich aufzählen wollen.

Und doch hat es ihn bereits gegeben, diesen schönsten Moment und ich weiß ganz sicher, dass nichts auf dieser Welt ihn jemals übertreffen wird.

Mein Moment war kein kurzer Augenblick. Auch keiner, den man mit Geld erkaufen könnte. Oder gar ein Status in der sozialen Hierarchie im Vergleich mit all den anderen.

Mein Moment erstreckte sich über sieben stille Stunden im nur spärlich beleuchteten Dunkel der Nacht. Die kostbarsten Stunden meines Lebens verrannen nahezu lautlos, ohne auch nur ein gesprochenes Wort. Dennoch habe ich während dieser Zeit so viel gesagt und alles versprochen. Ich erinnere mich an jede einzelne Sekunde. Ein Abbild, jederzeit abrufbar, manchmal auch überraschend vor Augen, hat sich eingebrannt in mein Gedächtnis und schimmert da immerfort als das Kostbarste, was mir dieses Leben je geboten hat.

Ich hielt dich in meinem linken Arm. Dein Kopf ruhte halb auf meiner Brust, halb in meiner Armbeuge. Du umklammertest mit deiner winzigen linken Hand für lange Stunden meinen Zeigefinger, ehe dein erster Schlaf so tief wurde, dass sich die kleinen Finger lösten. Dann strich ich dir ganz sachte über dein Gesicht, damit auch meine Finger sich immerdar deiner weichen Formen erinnern konnten. Dein Mund war leicht geöffnet und der noch ganz neue Atem kam süß und stoßweise zwischen deinen Lippen hervor. Als wäre es noch beschwerlich, sich mit dem Hier und Jetzt vertraut zu machen, Arbeit fast, den richtigen Rhythmus zu finden. Bekräftigend der ganzen Mühe, seufztest du dann und wann ganz herzhaft, als würdest du meinen Gedanken mit einer uralten Weisheit Bestätigung schenken.

Ich habe dich betrachtet und bestaunt, bis in die frühen Morgenstunden hinein und konnte mich nicht sattsehen. Dein erstaunlich intensiver Duft nach einem reifen Weizenfeld im warmen Sommerwind liegt noch immer in meiner Nase. Und jedes Jahr im August schmunzele ich versonnen vor Glück, wenn meine Wege ein solches Stückchen Erde streifen.

Als der Morgen kam, konnte der Zauber nicht mehr brechen und er wird fortbestehen, solange ich bin.

Für dich und für immer.

Wie sollte ich dies einem beschreiben, der doch ganz anderes von mir zu hören erwartet?

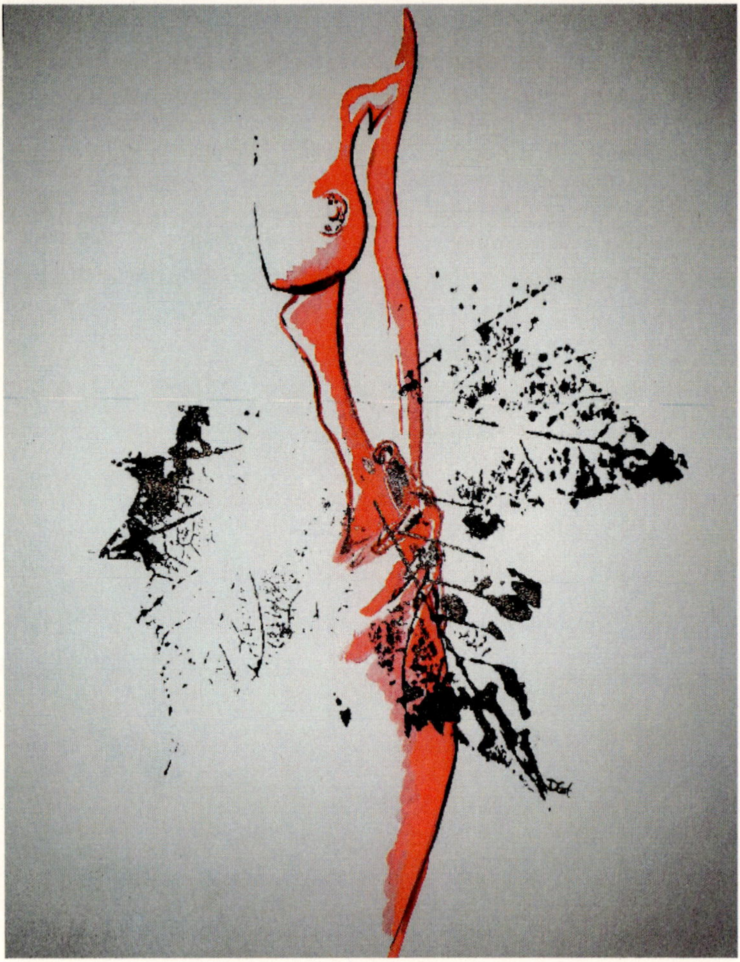

LIEBESSPIEL

Rollend, tosend, ungestüm brandet die See an den Strand. Unzählige dunkle Zungen lecken lasziv an dem unschuldig anmutenden weißen Streifen aus Muschelbruch, der die tiefe Welt vom wehenden Land trennt.

Das Wasser sucht, lädt ein, umsäuselt, lauert auf, ködert und schmeichelt. Übermütige Schaumflocken hüpfen sich üppig und kurvig aufplusternd über nassen, schweren, samtig-glatten Sand.

Ich spüre das berauschende Drängen und zügellose Betteln. Es macht mich abenteuerlustig, gierig und wild. Ich will von dem lockenden feuchten Element kosten, mit ihm spielen, das Wirbeln liebkosen und tief darin versinken.

Der sausende Wind wirbt meiner verführerisch und ich folge seiner waghalsigen Einladung bereitwillig. Die rotgelbe Fahne in der Ferne sehe ich. Es ist ein Gebot, das mich mahnt. Wie der warnende Gruß eines Freundes, mich vorzusehen und nicht unüberlegt dem stürmischen Werben hinzugeben. Ich schlage alle Bedenken sprichwörtlich in den Wind. Obgleich die See wild zu kochen scheint, werde ich weit in die kühlende Hitze eintauchen. Ich bin eine erfahrene Schwimmerin. Fordernder Wildheit setze ich Kraft entgegen. Im Strudel trotze ich der Gegenströmung durch Ausdauer. Der tollkühne, fast schon verbotene Zeitvertreib in den Wellen fernab des sicheren Ufers lockt mich ungehemmt. Ich werde die Oberhand behalten und diesen Zeitvertreib zu meinem Vergnügen dirigieren.

Alle Hüllen zu Boden gleiten lassend, stehe ich und liege und sitze und taste mich verzückt vorwärts. Keine Perspektive soll mir entgehen in diesem verwegenen Spiel, dass das Himmelblau des Horizonts ohrenbetäubend mit dem schwarzen Herzen des Meeres verwässert.

Neckende Windstöße aus allen Richtungen streicheln mir fordernd die splitternackte Haut. Gänsehaut schickt sich an, mir eine Ahnung der feurigen Rhythmen des kühlen, tanzenden Wirbelns zu zeichnen. Ich fühle gleichsam intensiv wallende Zärtlichkeit im Zusammenspiel mit unbeherrschbarer Gewalt.

Welch ein Nervenkitzel!

Die Gischt benetzt meine Lippen mit einer flüchtigen salzigen Sehnsucht und der Erinnerung an einen fernen Kuss.

Ein irres Brausen und Toben und Brüllen und Rauschen strömt im pulsierenden Vielklang in mir und um mich herum.

Dröhnend breitet sich größter Frieden in mir aus und ich beginne, mich dieser leidenschaftlichen, entrückten Stille, die mir das siedende Lärmen gewährt, genießend hinzugeben.

Hungrig zupft mir der Sturm am Ohr, zerzaust mir das Haar und neckt mich mit beiläufig erscheinenden Berührungen.

Ich sinke in den Schoß des Brodelns und koste nimmersatt von seiner fordernden Stärke. Mit jeder Welle nimmt das kühle Wasser ein Stückchen mehr Besitz von mir. Es nascht und schleckt und knabbert und nippt und schlemmt sich satt an meiner erhitzten Haut. Feinste Tröpfchen bilden sich auf ihr und zieren den feinen, seidigen Flaum mit schimmernden Kristallen, die in Bruchteilen von Sekunden von der nächsten Welle hemmungslos unersättlich hinweggeküsst werden.

Mit größtem Vergnügen gebe ich mich den Wogen preis und werde eins mit dem ungenierten, ausschweifenden Treiben, das mich umhüllt.

Schrankenlos wird oben unten und unten oben.

Raum und Zeit sind vergessen.

Ich bin das Meer und der Wind.

Wir sind außer Rand und Band.

Das wilde Treiben der See ist mir Liebkosung und Erfüllung. Ich fließe sinnlich mit der Strömung und genieße den ungeduldig bewegten Sog aus Leben und Lust.

LONDON, PARIS, DUBLIN UND KEIN ZURÜCK

In diesen Tagen sind selbst die nahen Sehnsuchtsorte ferner als der Mond.

Im vergangenen Jahr staunte ich fröstelnd über unbestrumpfte Damenbeine im eisigen Londoner Februarwind, während ich in Schal und Handschuhe gestrickt der Tate Gallery entgegeneilte, um anschließend historisches Schauspiel im Globe Theatre zu genießen.

Zur Baumblüte saß ich wenig später mit einem Glas Rotwein vor einem Berg in Weißweinsud dampfender Muscheln inmitten von Kohle, Pastell und Öl auf Leinwand und Papier und atmete gierig das Savoir Vivre auf dem Marktplatz von Montmartre. Ich besuchte so manchen meiner längst stillen Meister im Musée D'Orsay und bewunderte die schwindelerregende Schönheit von Notre Dame – nichtsahnend, dass diese keine siebzig Stunden später von einer nimmersatten Gefräßigkeit verschlungen werden würde.

Als der Herbst die Blätter färbte, wehte mich der Wind durch Dublins dicht gedrängte Pubs, ließ mich frierend im Hagelsturm Belfasts fragilen Frieden erfühlen und nahm mir den Atem anhand der überirdischen Schönheit des sagenumwobenen Giant Causeways im äußersten irischen Norden.

Ich wusste um den Schatz eines jeden dieser Schritte auf fremden Straßen und nahm die Möglichkeit, dort zu wandeln dennoch als Selbstverständlichkeit hin.

Rückblickend war ich mir der Besonderheit, im Fernab zu weilen, doch nur unzulänglich bewusst.

Eben mal übers Wochenende zur Ostsee fahren? Unmöglich, wenn man gerade aus der bayrischen Landeshauptstadt kommt. Der Norden verweigert dem Süden den Zutritt. Dort, wo der Horizont ganz weit ins Land und aufs Wasser hinaus geht, türmen sich plötzlich Grenzwälle aus Sorge, Vorsicht und Beklemmung gegenüber einer unsichtbaren Macht.

Das Fernweh, einst ganz selbstverständlich geschürt und genährt, glimmt unauslöschlich in meiner Brust. Es speist sich aus Erlebtem und dem Verlangen nach vielem.

»Weißt du noch …?«

»Ach, wäre es nicht herrlich, jetzt dort …?«

Die Welt war nie kleiner und zeigte ihre wahre, kaum fassbare Größe dabei nie deutlicher.

Uferlosigkeit liegt nicht mehr im Blick aus dem Flugzeugfenster hinunter aufs grenzenlos erscheinende Meer. Uferlosigkeit spricht sich plötzlich anhand der täglich neu berechneten Statistiken herum.

Die Schritte gehen nicht mehr ins Hinaus, sondern laufen Kreise ab, die sich enger und enger ziehen. Die Angst vor dem erneuten, gänzlich schrittlosen Stillstand lässt sich nicht mehr verleugnen und auch wenn ich weiß, dass der Zwang, der uns alle zurücktreten ließ, irgendwann einmal vorüber sein wird, graut mir vor diesem ersten Tag im neuen Danach, da ich fürchte, dass die Anzahl der dann möglichen Wege nur noch ein Überrest des Vormals sein wird.

LOST PLACE

Die Fassaden sind geputzt.

Makellos und bonbonfarben reihen sich nigelnagelneue mondäne Villen, akkurat eingehegt durch kugel- oder kegelförmig getrimmte niedere Buchsbäume in endloser Wiederkehr aneinander.

Dazwischen, hier und da, heimelig anmutendes reetgedecktes Idyll. Der nähere Blick verrät jedoch, diese angebliche Historie zählt noch keine zwei Lenze.

Es fehlen die erwarteten, üblichen Bekannten von den Postkartenständern inmitten der Schwimmreifen, Sanddornliköre und Muschelnippesdekoleuchttürme. Hier zieren keine Malven oder Lavendel die Vorgärten. Der Rasen uniform auf Kilometern, steril nahezu, denn nirgends wagt auch nur ein Gänseblümchen das kontinuierlich bewässerte Werbeplakatgrün zu unterbrechen.

Betrachtet man die endlosen bodentiefen Panoramafenster, setzt sich die durchgestylte, reizlose Monotonie fort. Ein jedes Hausensemble kleidet seinen Ausblick in die gleichen Vorhangstoffe auf allen Etagen. Aller zwei Fensterbretter ziert ein bunt bemalter Holzfisch auf einem Standfuß - made in Fernost - das geplant-maritime Wohnflair. Arrangements pflegeleichter Plastikflora zeigen, hier ist Praktisch Trumpf.

In erster Reihe kann man aus dem zweiten Stock sogar die See jenseits der Wipfel des Kiefernraines entlang der Dünen erspähen. Ein Ausblick, der in barer Münze berechenbar ist.

Das ewig wohltuende, gleichförmige Rauschen der fernen Wellen und des Windes in den Spitzen des Nadelwaldes ist die einzige Rückversicherung, nicht in einem schlechten Traum zu wandeln.

Ich war schon einmal hier.

Es liegen vierzig Jahre zwischen meinem Gestern und diesem Heute.

Der Ortsname ist geblieben.

Erstaunlicherweise gibt es einiges an deutlich skizzierten Erinnerungen. Vieles ist unspezifisch, nur ein Gefühl erlebter Vertrautheit und einiges entstammt wohlmöglich eher dem Erzählten der Eltern, als der eigenen Rückbesinnung.

Manches aber ruft Bilder wach, die wohl doch selbst erworben wurden.

Der sandige Weg auf und ab durch den sanft summenden Kiefernwald, der die Straße vom Ostseestrand trennt, ist mir noch ausgesprochen präsent vor Augen. Als Dreijährige fand ich dort eine Blindschleiche. Träge in der Morgensonne liegend, versuchte diese, die wärmenden Strahlen in kinetische Energie zu wandeln. Ich hob sie begeistert empor, stolz über meinen außergewöhnlichen Fund. Die ausgesprochen heftige Reaktion meiner Mutter (gut, nennen wir das Kind ruhig beim Namen – meine Mutter verhielt sich mehr als hysterisch, dass ich eine »Schlange« in den Händen hielt) hat einen bleibenden Eindruck hinterlassen. Mein Vater regelte alles auf beschwichtigende Weise. Ich schätze, ich wurde angehalten, das Tier im Wald zurückzulassen.

Mitnehmen durfte ich es bedauerlicherweise nicht. Ich hatte leider nie ein Haustier während meiner Kindertage.

Wir hatten unser Feriendomizil damals im Nachbarort und fuhren nur zum Baden hierher. Müde und hungrig hielten wir auf dem Rückweg häufig bei einer winzigen Fischräucherei in Privatbesitz. Meist gab es dort nur Sprotten, manchmal auch Makrele und etwas Aal. Ganz selten sogar Rotbarsch oder Flunder. Man kaufte, was angeboten wurde und war glücklich ob der besonderen Leckerbissen.

Die Welt war in diesen fernen Tagen kleiner und sie erscheint mir rückblickend dennoch zufriedener gewesen zu sein. Die Träume dagegen waren damals schon groß. Kleinigkeiten verhalfen der vergangenen Gegenwart offenbar zu nachhaltigeren Glücksmomenten.

Heutzutage sind die Träume noch immer groß. Zu groß vielfach. Und Kleines geht zu häufig unter auf der Suche nach diesem Großen.

Verzeiht, ich schweife ab.

Nein, eigentlich nicht!

Bin ich doch geradezu mittendrin in dem, wovon ich erzählen möchte.

Die Einheimischen wohnten vor vierzig Jahren in kleinen, beschaulichen Häusern entlang der Hauptstraßen der Inseldörfer. Ihre Gärten fluteten über von Stockrosen und in den zahlreichen hutzelig alten Obstbäumen entlang der wettergegerbten Zäune wetteiferten die Äpfel und Birnen um die größte und saftigste Tracht. Abends regnete es manchen Tages und ich durfte dann im Badeanzug durch die warmen Sommertropfen springen. Diesen Genuss, das streichellaue Wasser auf der fast nackten Haut zu spüren, habe ich nie vergessen und ich frische dieses Gefühl der Ostseeurlaubsendlosfreiheit ab und zu im Regen tanzend auf. Es ist noch immer so herrlich wie stets zuvor und zaubert für Momente die Leichtigkeit der Kindersommer zurück, selbst wenn man in der Zwischenzeit das Leben auf den Schultern trägt.

Gestern Abend machten wir uns dann auf den Weg. Neugierde hatte sich eingestellt. Im Sonnenuntergang verließen wir die seelenlos-perfekten Straßenzüge und schlugen die abseits liegenden Gassen ein. Wir wollten sie finden. All die Menschen, die hier doch auch leben mussten! Die, die beim Bäcker hinter der Ladentheke stehen. Oder die, die im Restaurant an der Düne den Weitgereisten in jeder Saison zahllose Speisen und Getränke servieren. Wer schneidet die Haare beim örtlichen Friseur? Wo wohnt der Postbote? Wer ist Mitglied des Zuges der Feuerwehr?

Die schmucken polierten Ferienhäuser wandelten sich zunächst zu größeren Appartementhäusern. Dann schlossen sich enge, uncharmante Bettenburgen an. Die Kennzeichen der davor parkenden Autos zeugten weiterhin von der Größe des Landes. Dresden, Köln, München, Leipzig, Berlin und Stuttgart.

Ganz am Ende der Straße, nach einigen verwilderten, unbebauten Metern, plötzlich ein Bild aus einer anderen Zeit.

Etliche, nur dreigeschossige Plattenbauten drängten sich still und eng aneinander. Ohne frischen Anstrich sprach ihr graubrauner Rauputz einen scheuen, aber deutlichen Wunsch nach Nichtgesehenwerdenwollen. Teppichklopferstangen und Wäscheleinen verknüpften Haus mit Wiese mit Haus. Entlang der Eingänge, gepflasterte Fußwege und vor diesen unasphaltierte, sandstaubige Parkbuchten. Dicht an dicht drängten sich zumeist ältere Autos mit dem nun ortsüblichen Kennzeichen in diesen.

Die blühenden grellroten Geranien auf den Rändern der Balkone können die fehlenden Bauernrosen nicht ersetzen und beantworten wohl auch kaum die Frage, wann die Seele des Dorfes im Tausch gegen Rasenmähroboter verkauft wurde.

NACH DEM TOTSCHLAG, GUTE NACHT

»Mama, was machst du heute Abend noch?«

»Ach, ich werde jetzt noch jemanden umbringen und danach gehe ich auch schlafen.«

Der Gesichtsausdruck des Kindes ist unbezahlbar. Es starrt die Mutter fassungslos aus tellerrunden Augen an.

Doch leider währt der Augenblick nur einen winzigen Moment. Dann wird der Mutter viel Spaß bei ihrem geplanten Unterfangen gewünscht und ein fröhlicher Gute-Nacht-Kuss gegeben.

Es ist nichts Ungewöhnliches für die Tochter.

Am Folgetag wird sie sich morgens erkundigen, ob der Mord vollbracht sei und wie er vonstattenging. Gar zu gruselige oder blutige Details müssen dabei nicht preisgegeben werden, aber ein bisschen Gänsehaut darf es schon sein, bitteschön.

Das Kind kennt dies bereits.

Abends, wenn Ruhe im Haus einkehrt und der Nachwuchs zu Bett gegangen ist, beginnt der Teil des Tages, der dem zweiten Ich der Mutter gehört.

Statt den Tag gemütlich auf der Couch vor dem Fernsehgerät ausklingen zu lassen, beginnt sie, Pläne zu schmieden. Ideen, diesen Mord zu verüben, hat sie schließlich mannigfaltig. Während sie also die letzte Seite der Gute-Nacht-Geschichte, die sie der Tochter vorliest, umblättert und ein weiteres Mal über die weiche Kinderwange streicht, zuckt die Hand bereits erwartungsfroh ob der in den nächsten Stunden auszuführenden Missetaten.

Ist es dann endlich vollbracht, wird die Mutter selbst zur Ruhe gehen und die Nacht Nacht sein lassen. Sie wird sich mit dem Bewusstsein größter Zufriedenheit endlich in die Kissen schmiegen und dabei bereits überlegen, wie sie die Bluttat am nächsten Tage bestmöglich vertuschen oder sogar ein neues Verbrechen aushecken wird.

Die Mordwaffe ist dabei immer die gleiche. Jedoch nutzt sie sich ab und wird mit jeder Blutschuld kürzer, bis es an der Zeit ist, eine neue zu erwerben.

Niemand wird die Mutter je für eine der von ihr verübten Gewalttaten zur rechtsstaatlichen Rechenschaft ziehen.

Frisch gespitzt liegt die Tatwaffe allabendlich bereit, um Ideen und Notizen des Tages zusammenfließen zu lassen, als sei sie das Werkzeug, dass Zuläufe grübe für die vielen sprudelnden Quellen, die emsig fließen, einen See aus Zeilen zu befüllen.

So fliegt der Bleistift übers Papier, bis alle Gedanken und Vorstellungen in Worte gewandelt sind und ein weiteres Mal eine neue Geschichte entstanden ist.

RADAR

Rauschende Farben.

Ein weicher Teppich von Musik.

Überbordende Freude, heitere Ausgelassenheit, reiner Frohsinn.

Dichtes, tanzendes Menschengewimmel und beschwingtes Stimmengewirr.

Auf glitzerndem Pfad rinnt eine stille Träne.

»Was ist mit dir, mein Freund?«

»Ach, es ist alles gut.«

»Nein, das ist es nicht.«

»Erstaunlich, dass du fragst … Ich dachte, mein Kummer wäre nicht sichtbar. Denn so fühle ich mich oft – unsichtbar.«

»Und doch bist du hier. Von allen willkommen geheißen und wertgeschätzt. Gesehen. Was ist dir widerfahren?«

»Nichts Nennenswertes. Dennoch empfinde ich mich so häufig als fehl am Platz. … dies hat wohl eher mit mir selbst als mit den anderen zu tun …«

Die Erklärung, die eigentlich gar keine ist, verliert sich im Unausgesprochenen und lässt mich ratlos zurück. Ich spüre große Not, die dennoch nicht fassbar scheint und ich weiß nicht, wie ich sie lindern könnte. Hilflos nehme ich die andere Hand in meine und halte sie für eine Weile - wortlos.

Die gelöste Stimmung im Lichterglanz, die mich gerade noch nahezu beflügelte, scheint andere in Ketten zu legen.

Die Klänge der Musik tragen mich erneut hinfort, doch nehme ich den Inhalt der Lieder nicht mehr wahr und drifte stattdessen mit meinen eigenen Gedanken ins Unbestimmte.

Die andere Hand liegt noch in meiner. Sie ruht auf meinem Schoß und hält sich fest.

Es ist ein Schweres, wenn wir uns begegnen. Ein jeder trägt so vieles, von dem die anderen nichts ahnen. Manche Last lässt sich leicht schultern. Manch andere nicht. Und zuweilen trägt man viel zu schwer an sich selbst.

Ich und du.

Freud und Leid.

Kälte und Wärme.

Gemeinschaft und Einsamkeit.

Krieg und Frieden.

Die Liste menschlicher Antithesen ist unerschöpflich lang. Sie birgt Hoffnung und Verzweiflung, stellt bloß oder nimmt an. Unser ganzes Sein ist ein endloses Geben und Nehmen im Hoffen, Glauben und Wissen. Liebe und Hass sind einander näher als sich ein jeder einzugestehen erlaubt. Unbedachtes gewinnt lautlos an brüllender Bedeutungsschwere und lässt aus hellem Licht tiefe Schatten erwachsen.

Täglich jonglieren wir einen Balanceakt aus Allem und Nichts im Umgang miteinander und sehen selbst oft überhaupt nicht, ob wir im besten Falle gerade Glück anhäufen und Leid abbauen oder gar Ernüchterung und Verlorenheit erwecken.

Ist unser Dasein vielleicht sogar mehr Traum als Realität? Einige leben reale Träume, während andere von geträumter Wirklichkeit zehren.

Im allgegenwärtigen Streben nach dem eigenen Glück sollte das Miteinander doch mindestens einen ebenbürtigen Stellenwert wie das eigene Ich haben.

Doch gelingt dieser hehre Wunsch immer?

Ein jeder scheitert daran viel zu häufig.

Lebenslust und Lebenslast sind einander näher als nur der Austausch diesen einen Vokals. Gleich den Enden eines Taus neigt sich das Menschsein einmal in die eine und dann wieder in die andere Richtung. Solange man das Seil jedoch in den Händen hält, können weder ausufernder Übermut noch betäubte Empfindungslosigkeit die Oberhand gewinnen.

Mensch zu sein, bedeutet Liebe zu geben und Liebe zu nehmen. Schulter zu sein und Mut zu spenden, wenn man Stärke empfindet oder bereit zu sein, Mitgefühl und Rat zu empfangen, wenn die Kräfte nachgelassen haben.

Das Gestern, Heute und Morgen ist ein Auf und Ab im Immer und Nie. Nur die Offenheit des eigenen Blicks entscheidet, ob man am Ende mit sichtbarem Gewinn oder blinden Verlust das eigene Sein besiegelt.

REINWACHSEN, RAUSWACHSEN, ERWACHSEN

Aus einem Taschentuch ein Abendkleid.

Dazu ein wissendes Daswirdniewasaberichmachstrotz-demkopfschütteln und ich wusste genau: Das wird was! Auf jeden Fall!

Erzähle ich meinem Nachwuchs von den eigenen Kindertagen, stelle ich fest, ich bin schon mittendrin im Einstmals und Ehedem. Erscheint mir selbst der Abstand zur Jugend im Damals zwar lediglich wie ein Wimpernschlag kaum ins Gestern verronnener Tage, ist es doch eher schon ein ganzes Zeitalter, das tatsächlich seitdem verstrichen ist.

Die Zeiten, von denen ich berichte, sind der Erlebenswelt meiner Kinder ferner als fern. Ich erzähle von einem Land vor ihrer Zeit. Es muss in ihren Ohren vermutlich so klingen, als seien es märchenhafte Geschichten, fehlt ihnen doch jeglicher Bezug zu ihrer heutigen Realität. Prähistorisch quasi, denn schließlich ist dieses Land, in dem ich geboren wurde und meine Kindheit verlebte, sogar komplett von der Landkarte verschwunden. Das muss man sich mal vorstellen! Kaum zu glauben ist das!

Manchmal, vor allem an Feiertagen wie Weihnachten und Ostern, kamen in diesem Gestern Pakete an, in denen der Duft einer unbekannten Welt versteckt mitreiste. Zwischen Albrechts Kaffee und Luxseife lagen abgelegte Kleider alter Damen, die ich nicht kannte. Bügelfreie, weiche Stoffe aus Rundstrick in bunten Farben. Meist geblümt. Manchmal gestreift. Fast immer mit Plissee. Nie passten die Blusen, Kostüme und Kleidchen meiner Mutter auf Anhieb. Aber das konnten sie auch nicht, denn meine Mutter war schließlich auch keine alte Dame, als ich ein kleines Mädchen war.

Nun hatten wir das große Glück, dass meine Großmutter dem ehrwürdigen Handwerk einer Damenschneiderin nachging. Nun, zumindest hatte sie dies einst gelernt. Und das ebenso in einem Land, das in meiner Kindheit auch nicht mehr existierte. Ich fand dies etwa genauso verwunderlich, wie meine Kinder mein verschwundenes Heimatland heute. Während der sozialistischen Arbeitstage meiner Großmutter nähte sie montags bis freitags Herrenhosen im Akkord in Heimarbeit. Wochenends dann jedoch schöne Blusen und Kleider für die Kundschaft.

Dieses Wort – Kundschaft – fand ich ganz außerordentlich beeindruckend, damals als Kind.

Ich stellte mir Wundersames darunter vor und es dauerte ein wenig, ehe ich begriff, dass damit eigentlich nur die Frauen aus dem Ort gemeint waren, die meiner Großmutter kleine und größere Nähaufträge gaben, weil auch sie nicht passende geblümte und plissierte Rundstrickkleider mit Kaffee-Lux-Duft aus der Ferne erhielten.

Als ich noch zu klein war, um selbst zu bestimmen, was ich gern in meinem Kleiderschrank vorrätig hätte, gestaltete sich die aus mütterlichem und großmütterlichem Konsens entstandene Garderobe mit praktischer Finesse. Das Wort »Wegwerfgesellschaft« existierte nicht im Vokabelschatz des Heimatlandes und Nachhaltigkeit wurde niemals als solche bezeichnet, sondern aus Pragmatismus heraus einfach völlig selbstverständlich gelebt. Es gibt einzelne Fotos aus meiner Kindheit, die belegen, dass ich viele Jahre lang das gleiche

Paar Hosen (aus Rundstrickstoff, versteht sich) in weinrot oder dieses blauweiß geblümte Sommerkleid trug. In der Hose Gummibund, anfangs mit doppeltem Umschlag am Bein. Später dann ein einfacher Umschlag. Beim einfachen Umschlag fehlten übrigens die Schneidezähne. Auf dem letzten Hosenbild gibt es nur noch einen schmalen Saum am Hosenbein, doch die Zahnlücken hatten sich wieder geschlossen. Beim Kleidchen ein ähnliches Prozedere: Das Oberteil gesmokt – für alle die, die nicht wissen, was das ist: sozusagen ein breiter Gummibund aus gerafftem Stoff für Bauch und Brust. Das Röckchen hatte zunächst drei eingenähte Stufen und ich einen hellblondgelockten, wuscheligen Schopf mit lustigen Zöpfen, dann zwei Stufen und ein jungenhafter Kurzhaarschnitt zum Schulanfang. Das Kleidchen schaffte es mit glattem Rock bis zum roten Halstuch und kinnlangen Bob.

Irgendwann durfte ich mitbestimmen.

Gummibund und Stufenrock sollten es nicht mehr sein!

Zudem verschwanden mit dem Land auch die duftenden Feiertagspakete. Sie wichen einer neuen Leidenschaft meiner Großmutter: Rundstrick und Plissee waren passé. Fortan gab es Baumwolle, knittrige Viskose oder Crêpe de Chine aus uniformen Pappkartons vom Versandhandel und die Schnittmuster nannten sich um von Sybille in Burda Moden. Auch wurden keine Herrenhosen mehr von ehemaligen Damenschneiderinnen gefertigt. Weder in Heimarbeit, noch sonst irgendwo. Aber das war zumindest für die Großmutter nicht tragisch, war sie doch unlängst in den Ruhestand gewechselt und kümmerte sich in diesem nur noch um die mir längst nicht mehr ominös erscheinende Kundschaft und manchmal auch um Schwiegertochter und Enkelin.

Immer wenn ich sie besuchte, zauberte sie ein Stückchen Stoff hervor und wir suchten gemeinsam Schnitte heraus. Meist war das Stückchen Stoff viel zu winzig, um mit reeller Chance das zu werden, was es werden sollte. Aber meine Großmutter schaffte es trotzdem. Immer.

Ihre besten Nähwerke waren stets die, die sie aus kleinsten Fetzchen sprichwörtlich zusammenflicken musste, um die entsprechende Stoffmenge für ein ansprechendes Kleidungsstück zu erhalten. Aus Stoff von der Größe eines Taschentuchs schneiderte sie mir tatsächlich regelmäßig ein Abendkleid auf den Leib.

Ich habe noch drei dieser herrlichen, ganz persönlichen Haute Couture-Stücke in meinem Kleiderschrank. In eines davon, einem Sommerkleid, kleide ich mich bis heute... seit nunmehr fast dreißig Jahren. Ein jedes Tragen ist ein innerer Dialog am Stubentisch, als wir gemeinsam das Schnittmuster erst auf Zeitung und dann auf den Stoff übertrugen und mit jedem Nadelstich das gemeinsame Band fester knüpften.

RÜSTZEIT

Aufbruch im Morgengrauen.

Dicken Bauches hingen die Wolken so tief, als hüllten sie die Spitzen der Tannen auf dem Kamm des Berges bereits in ihre dunstigen Kissen. Der Himmel verschmolz mit dem Wald und alles trug die gleiche Farbe eines stillen, behaglich weichen Graugrüns.

Ruhe suchend fand ich ein Konzert.

Der Regen trommelte auf das letzte braunfasrige Laub, das sich zusehends zu Erde wandelte und allerortens saftigen Moospolstern und emsig grellgrünen Keimlingen wich.

Bald schon, erfreute mich die bereits oft erlebte Gewissheit, bald schon würde man den warmen Regen noch deutlicher vernehmen können. Dann, wenn die Buchen ihr Blattwerk entfalten und einen Zwischenhimmel spannen zwischen dem Universum darüber und dem Schoß des Lebens darunter. Der Kokon beginnt sich bereits zu wölben. Hier und da zeigen sich erste Blattspitzen im Geäst. An den Zweigen der Kastanie flattert, in zittrig-zarte Falten gelegt, die Kinderstube der schützenden Hände, die bald geduldig so manches Nest vor dem suchenden Blick der über ihnen kreisenden Turmfalken verbergen werden.

Sobald sich das grüne Dach geschlossen hat, wird ein behaglicher Lichtbann den Wald wieder beschwören.

Unterm grünen Schirm eilen dann Sonnenkringel dahin, getrieben vom Sommerwind und fedrigem Flügelschlag.

Dicht am dampfend warmen Boden brummt der Bariton dicker Hummeln überm golden blühenden Moos und in den

Zweigen der Buchen hüpft jubilierend der gefiederte Nachwuchs in allen farblichen Schattierungen.

Hier und da ruht ein fein gezeichnetes Wesen aus Staub und Magie, ehe es anmutig schwingend davoneilt.

Walderdbeeren leuchten sattrot glänzend mit ersten Pilzen um die Wette, immer auf der Hut, nicht auf der Speisekarte hungriger Schnecken zu landen.

Übermaß und Völlerei scheinen maßlos um sich zu greifen und sind indes nur die weise Voraussicht der Vorsorge auf karge, nicht mehr gar zu ferne Tage.

Der Wald lebt vor, was der Mensch tun sollte.

In Tagen des Überschwangs die Speicher füllen.

An das Danach denken, auch wenn man kaum an ein solches glauben mag.

Herz und Seele aufpolstern.

Die Gedankenregale dicht an dicht füllen.

Stellt sich über Nacht der Winter ein, ist man gewappnet. Niemand muss frieren oder darben, hat er sich eingedeckt.

Die Wärme des Sommers glimmt nach und das Herz speist sich an der süßen Erinnerung, während die Seele sicher weiß, dass der Frost nicht das Ende ist, weil ein neuer Sommer nur eine Frage der Zeit ist.

DSH

SCHLAR A FFENLAND

Auf den reichlich gefüllten Tellern türmt sich Gebratenes an appetitlich angerichtetem Salatgrün und verführerisch duftenden, krossbraunen Bratkartoffeln. Sattrot und samtig erhellt der Rotwein die Gemüter. Bernsteinleuchtend fließt Bier genießende Kehlen hinab.

Während man speist, sorglos miteinander lacht und Belanglosigkeiten austauscht, folgen die Augen und Ohren dem klingenden Schauspiel auf der kleinen Bühne in der Abendsonne.

An Pianogold lehnen sich Akkorde aus Gitarrensilber. Die Lieder, die herüberwehen, erzählen von der Sehnsucht, von des Menschen Natur und der Dringlichkeit des Seins. Inmitten der unterhaltsamen Klänge immer wieder die Bitte, man möge den Hut, der herumgereicht wird, reichlich füllen, damit auch im kommenden Jahr der laue Spätsommerabend wieder von Musik begleitet werden wird.

Ein herrlich perfekter Tagesausklang!

Ein herrlich perfekter Tagesausklang?

Die, die noch vor wenigen Monaten mühelos die großen Konzerthäuser mit Tausenden zu füllen wussten, kommen nun auf den Marktplatz der kleinen Stadt und spielen gegen ihr eigenes Vergessen an. Die Not, die entlang der gewollt mit Leichtigkeit versehenen Zeilen der Moderation schwingt, ist kaum spürbar, wenn es gilt, sich zum Dessert zwischen Creme Brulée und Waldbeerensorbet entscheiden zu müssen. Schließlich hat man gerade alles, was man zu einem glücklich erfüllten Leben braucht. Da stört es kaum, wenn einiges aus dem Davor noch nicht im neuen Heute auftaucht. Selbst die Urlaubsreise fiel nicht, wie zunächst befürchtet, ins Wasser. Angeregt durch ein weiteres Glas Bordeaux und getragen von der beschwingten Stimmung der marktplatzfüllenden Melodien schwärmt man von jüngst Erlebtem. Beklagt zuweilen auch die aktuellen Entwicklungen. Wird ein klein wenig politisch und äußert vage Sorgen, die man aus dem Hörensagen übernommen hat. Dabei hofft man, dass der gerade erreichte Status quo der Lebensumstände nicht wieder eingeschränkt, sondern besser noch ein weiteres Stückchen ausgeweitet werden möge.

Der erneute, zwar höflich, aber nachdrücklich vorgetragene Wunsch nach entsprechender Entlohnung für das dargebotene Konzert wird lächelnd überhört. Auf dem Platz vor der Bühne tummeln sich bereits genügend Menschen, die sich sicher alle spendabel zeigen werden. Man selbst sitzt schließlich bewusst im Freisitz des gutbürgerlichen Marktrestaurants, um eben nicht in erster Reihe angesprochen zu werden, sondern den Abend möglichst ungestört sowohl musikalisch und als auch gleichzeitig kulinarisch genießen zu können.

»Für mich bitte noch einen Cappuccino – oder … ach nein, besser einen doppelten Espresso. Und bringen Sie bitte zum Kaffee gleich die Rechnung.«

»Ach, willst du wirklich schon gehen? Lass uns lieber noch etwas bleiben und ein weiteres Glas trinken. Es ist doch gerade so nett.«

»Gut, dann warten Sie bitte noch mit der Rechnung und bringen Sie stattdessen eine weitere Runde Rotwein.«

Der Spielleute Tun ist mitreißend. Man wippt mit dem Fuß und wiegt sich im Takt. Nach jeder Weise klatscht man begeistert. Stühle werden gerückt, um besser sehen zu können und nicht mit dem Rücken zur Bühne zu sitzen.

Und plötzlich ist er da – der Hut.

Bedauerlicherweise wird er nicht einfach herumgereicht, sondern von zwei fremden Händen von Tisch zu Tisch getragen. Wie unangenehm! So kann man ihn nicht einfach mit gewichtiger Miene passieren lassen. Die Stimme, die zu den zwei Händen gehört, grüßt freundlich, wünscht hier einen guten Appetit und macht dort einen höflichen Scherz. Sie fragt nach, wie das Konzert gefällt, beantwortet Fragen nach dem Woher der Künstler und kommt überall ins Gespräch. Immer jedoch formuliert sie die nachdrückliche Bitte, zum Füllen des Hutes beizutragen.

Als der Hut am eigenen Tisch auftaucht, beginnt man mit gespielter Überraschung das Portemonnaie aus der Tasche zu nesteln und umständlich im Kleingeldfach nach Passendem zu suchen. Zwei Münzen werden staatstragend in den Hut gelegt und man wundert sich, dass dieser Akt der Großzügigkeit erstaunlicherweise mit einer erhobenen Augenbraue quittiert wird. Die Nachfrage, ob man diesen Betrag als angemessen erachtet, stößt unangenehm auf. Zähneknirschend, um ja keine Aufmerksamkeit an den Nachbartischen zu erregen, legt man den kleinsten Schein nach.

Während man sich denkt: »Wie unverschämt!«, sagt man zur Trägerin des Hutes: »Hätten wir ein richtiges Konzert besuchen wollen, wären wir dort hingegangen.«

»Ach ja? Wohin denn ...?«, gibt diese zurück und wendet sich ab.

SOMMERTAGSTRAUM

Wer kennt sie nicht?

Diese trägen, goldgelben Momente, in denen der Sommer ganz langsam durch den Tag tropft und schier endlos scheint. In sonnenfaulen Fantasien schwebt man in diesem ganz besonderen Zustand zwischen dem Hier und Dort und weiß selbst nicht genau, ob man gerade wach ist oder wohlmöglich doch bereits schläft. Eine oszillierende Sinnesart von stimmungsvoller Balance aus selbsterschaffener, herzklopfender Märchenwelt in behütet-euphorischer, aber unantastbar sicherer Bedachtsamkeit.

Intensiv wallen Bilder vor dem inneren Auge: Erinnerungen, Erwartungen, Erlebtes, Ersehntes, Erreichtes, Erhofftes - opulent gemischt mit Düften, die man tatsächlich glaubt zu vernehmen, indes sich liebliche Musik und wohlwollende Stimmen aus allerlei Vogelgezwitscher und Bienengesumm formen.

Immer tiefer gleitet man in diese Zwischenwelt, nicht mehr ganz da und noch nicht ganz fort. Das Bewusstsein ist geknüpft an den bunten, seidenen Faden am Ballon der Illusionen, der einen in unbekannte, ferne, schöne Sphären trägt.

Im lauen Wind wird die Haut in sanften Brisen fein gestreichelt und kleine Wellen sinnlichen Wohlbefindens zerzausen spielerisch den entspannt liegenden Spiegelsee der Seele. Die Sonne tanzt gut gelaunt auf den geschlossenen Lidern und zaubert eine rotorangeglühende, beschwingt bewegte Leinwand, auf der die Vorstellungskraft mit charmanten Hirngespinsten entlangzulaufen vermag.

Ein jeder Schnappschuss der Fantasie scheint wahrhaftig.

Alles ist möglich in dieser halbgeträumten Wunderwelt.

Mit jedem Schritt auf ihren Traumpfaden schafft man sich seine eigene Magie aus Wünschen und Wahrheit. Man kehrt zurück oder verweilt. Man geht voran und schaut sich seitwärts um. Oben und unten liegen verheißungsvolle Sichten. Man genießt und lässt sich treiben in den funkelwarmen Sonnenkringelweiten.

Dies sind die realen Träume.

Man träumt sie und gestaltet sie wissentlich.

Ohne Furcht, man könne fehlgeleitet werden und unverhofft vom wohlig warmen Licht ins unwirtlich kalte Dunkel stürzen.

Die Glücksspeicher füllen sich mit Wohlgefühl, Zufriedenheit und endorphingeladener Lust, bis man selbst den Sommersonnenfunken in sich trägt und leise schimmernd einladend ausstrahlt.

STRITTMATTERS KALENDERGESCHICHTEN

Ich lese vom kleinen blassen Teufelchen, dem Großvaters Messer in der Wade steckte. Ja, genau in dieser Wade, die das teuflisch wichtige Pferdefüßchen trug. Die Geschichte spinnt sich entlang des Feldweges und schenkt mir ein frohes, leichtes Lächeln.

Ganz munter hüpfen die sorgsam handgesetzten Buchstaben den Ackerrain entlang und lassen den geschriebenen Wind an trockenen Gräsern und goldgelben Weizen raschelnd tanzen, schlage ich die Seiten um.

Es ist ein Fund aus der Vergangenheit. In graubraunes, fein gewebtes Leinen gebunden, ist diese Sammlung von kurzen Erzählungen ein Kleinod, das mit bescheidener Eleganz seinen Platz im Bücherschrank inmitten moderner, digitaler Farbdruckbrillianz behauptet. Als spräche das Büchlein mit würdevoll-bescheidener Stimme: »Seht her! Ich bin da und ich bin leise präsent. Ich überdauere die Schnelllebigkeit der heutigen Tage, denn ich zeichne ein Bild von einem Gestern, dass immer wieder kehrt und auch ein Morgen sein könnte. Ich habe das Leben eingefangen zwischen meinen stoffummantelten Buchdeckeln. Ich singe von Regen und von der Sonne.

Durch mich ziehen schwere Stürme und es wirbelt das Laub zwischen den Zeilen.

Viele Himmel färben mir die Abende rot und hüllen manch einen Morgen in weiche Nebel.

Ich bin ganz still und komponiere Bilder. Von Vögeln, die Flüssen gleich am gewundenen blauen Band dem Winter zu entfliehen suchen und Häusern, die, versteckt in sorbischen Feldern liegend, in ihrem längst menschenleeren Verfall den Blick auf den Horizont durch bröckelnde Ziegel freigeben.

Ein jeder Satz folgt dem Hufgetrappel des Reiters, der mich sprechen lässt.

Im Frühling reimen die Krähen in mir und die Schwalben zwitschern ein freudvolles Lied.

Ich habe kein Ziel.

Ich gebe nur wieder und labe mich an der Poesie der Natur.

Am Bachlauf male ich duftende Zweige von frühem Flieder. Ganz ohne Magie strahlt der Wald im sonnigen Zauber und spiegelt im See den Atem der Jahre.

Frühling, Sommer, Herbst und Winter – ein Buch wie ich bedarf keiner Märchen. Fiktiv ist nur mein vermeintliches Alter. Ich führe vor Augen das Immerwährende.

Ein jeder erkennt in mir einen Teil seiner selbst. Wer hat nicht auch dem Großvater gelauscht, wenn er berichtete vom Damals im Gestern? Wo steht der Korb der Großmutter noch im Haus?

Es ist das Glück der kleinen Mücke, die unterm Blatt sitzend den Regen überdauert. Jedes Jahr aufs Neue wird sie sich diesen grünen Hort der Zuflucht wählen.

Eine Geschichte, so unwichtig im Leben der großen Themen der Welt.

Eine Geschichte, so wichtig, um mit den großen Themen der Welt leben zu können.

Ich bin das stille Buch. Ich wurde in eine Farbe gebunden, die sich im Nichts verliert.

Meine vermeintliche Unsichtbarkeit lässt mich überdauern und wird die Seelen meiner Leser auch in ferner Zukunft noch wärmen.

Komm, nimm mich zur Hand und finde inmitten des Unbills, das dich umgibt, deinen Platz in mir. Dort am Buchstabenufer, wo der Seitenwind das Schilf reibt, bis es singt und dich für einen Moment von allem gesunden lässt.«

SUBSTITUT STATT SUBSTANZ

»Foodporn« ist eine dieser ziemlich neuen Wortschöpfungen, die gleich mehrere Aspekte unseres zunehmend ins Virtuelle verlagerten Erlebens des Lebens kennzeichnen und dadurch wohl reichlich befremdlich wirken.

Einerseits, dies ist wohl die profanste aller Betrachtungen, gibt es Unmengen an Menschen, die dem Rest der digital vernetzten Menschheit aus einem mir sich nicht erschließenden inneren Bedürfnis mitteilen wollen, was sie am Tage kulinarisch konsumieren. Mehr oder weniger ansprechend mit gediegener Drumrumdeko in Szene gesetzt oder einfach nur der Schnappschuss an der Pommesbude. Im World Wide Web kursieren mindestens Zentillionen[1] von Mittagspausensnacks, Gebäckstückchen oder hipper Getränke in fotografischen Formen aller Art.

Hashtag LowCarbFitnessBreakfast, Hashtag PaleoPokeBowl oder Hashtag ChocolateLavaCakeOrgasm … eine nicht enden wollende Liste merkwürdigster Fotobeschreibungen auf den Instagram-, Facebook- und sonstigen Profilen dieser Welt.

Dank unzähliger Emoticons, digitaler Sticker sowie kurzer grammatisch und orthographisch zuweilen bedenklicher, getippter Kurzäußerungen ernten ein einfacher Döner vom Straßenimbiss oder auch das der Molekularküche entsprungene lila Glibberdingsbums-Amuse gueule aus dem

---

1 Ich habe das übrigens mal bei Herrn Google erfragt: Eine Zentillion ist eine Zahl mit 600 Stellen nach der Eins. Das dürfte also schätzungsweise stimmen.

Edelgourmettempel in XY plötzlich Likezahlen, die denen eines C-Klasse Celebritys in nichts nachstehen.

Essen ist also Gegenstand absoluten öffentlichen Interesses. Mehr als je zuvor in der Menschheitsgeschichte. Sonst würde es ja niemand teilen. Also virtuell, wohlgemerkt. Das eigentliche klassische Teilen ist da wieder eine andere Geschichte. Interessant, nicht wahr? Wir teilen unsere Speisen, ohne sie zu teilen. Das ist biblisch teuflisch sozusagen.

Der zweite Teil des zusammengesetzten Substantives »Foodporn« ist jedoch der eigentlich herausragende Part dieser Definition optischer Genüsse, besagt er doch: Essen ist geil! Essen ist genauso geil wie Sex! Und für den ein oder anderen vielleicht sogar viel geiler? Oder gar das ausschließlich Geile am Dasein?

Den größten Anteil unserer Nahrung erhalten wir nicht umsonst, sondern wir zahlen für diese mit dem Geld, das wir verdienen. Das gibt es ebenso im Zwischenmenschlichen, wenn auch offensichtlich im reziproken Verhältnis. Zahlt man für Sex, weil überwiegend Mann die kostenneutrale auf Gegenseitigkeit beruhende Variante mit Frau nicht in realistisch erfolgreicher Aussicht hat, nennt sich dies Prostitution und es findet doch eher ohne öffentliche Beteiligung statt. Pornographisch würde es, wenn der Akt oder das zum Akt führende Ambiente mit nackten Tatsachen im bewegten oder unbewegten Bild festgehalten und mit anderen geteilt würde. Wie beim Essen eben. Mann oder Frau essen etwas und ziehen aus der online gestellten Bewunderung der Mahlzeit höchste

Befriedigung durch Beifallsbekundungen oder sogar Neid. Den Zuschauenden läuft dann das Wasser im Munde zusammen und die Fantasie beginnt zu sprudeln (schon wieder so eine Parallele), ohne dass sie je selbst kosten könnten. Sie hätten zwar die Möglichkeit, sich das gleiche kulinarische Spiel ebenfalls zuzubereiten oder irgendwo zu kaufen. Aber es wäre nicht dasselbe, wie am im Bild Dargestellten tatsächlich mitgenascht zu haben. Schnelle, rein optische Befriedigung statt des gegenseitigen, ganzheitlichen Genusses.

Lust ohne Sensorik.

Hunger und Appetit ohne Gusto.

Pornographie statt Kissenschlacht.

Künstliches Erleben statt realer Erfahrungen.

Liebe Freunde, teilt keine Fotos von euren Tellern! Kocht vielmehr zusammen, sitzt zusammen, esst zusammen! Bereichert all eure Sinne durch Duft, Geschmack, Gefühl und realen Austausch miteinander.

Das ist das Leben!

Das ist Glück und Erfüllung!

Das ist Zwischenmenschlichkeit in einer ihrer ursprünglichsten Formen!

Kein Bildschirm dieser Welt vermag dies zu ersetzen!

SURREAL – ODER: DAS NEUE HEUTE

Die Tage beginnen zu verschwimmen.

Nachts bin ich nackt.

Nichts kann mir das Selbst verhüllen.

Das ist eigentlich das Beängstigendste.

Morgens indes streife ich mir das Gewand meiner Rollen über und spiele eisern bis zur Dämmerung. Der Stoff wirkt flauschig wie ein Pelz, obschon er nicht fadenscheiniger sein könnte.

Im Übermaß der Stunden zwischen Sonnenuntergang und Sonnenaufgang währen die Sekunden Jahrhunderte. Mühsam hangele ich mich an den Zeitaltern entlang und entschleunige innerlich auf bedenkliche Weise.

Rastlose Ruhe mündet in wimmernder Erschöpfung. Ich sitze in dem Versuchsglas, dass ich in meiner Hand halte und betrachte mich staunend, während ich es drehe und wende. Allen Tagen gebe ich diese Struktur, die nicht von meiner verzerrten Seele gespiegelt wird.

Während ich im Chaos durch das Nichts stürze, lächle ich im Kostüm des Tages und bin vieles.

Ich koche.

Erteile Unterricht in Chemie – Chemie !!! – und zerlege Stoffe anhand imaginärer Molekülbaukästen.

Gleichzeitig haste ich Rechenwegen auf dem Zahlenstrahl nach und nicke Aufsätze für den Ethikunterricht ab.

Das Wasserfarbenglas ist ausgelaufen.

Die Buchstaben des Zeitungsartikels darunter werden zu meinem Empfinden.

Alles weicht auf ins Grenzenlose.

Was wird die Schildkröte fressen, wenn wir keinen Löwenzahn mehr sammeln dürfen?

Bitte wasche dir die Hände mit Seife und singe dabei dein Lieblingslied.

Das ganze Lied?

Ja, bitte, das ganze Lied!

Der Postmann stellt einen neuen Karton mit Büchern auf dem Wunschlieferungsort Terrasse ab. Ich fische sie aus dem Regen und wische mit dem Handrücken über die tränennassen Geschichten.

Die Ideen gehen mir aus. Aber ich kann mit Farbe und Pinsel umgehen und male mir das aufmunternde Lächeln auf die Lippen, dass den Kindern die normalitätsvorgaukelnde Leichtigkeit verspricht.

Lasst uns einen Kuchen backen. Mit Schokolade.

Und bunten Streuseln?

Meinetwegen. Auch mit bunten Streuseln.

Die trügerische Stille zertrommelt meine Mitte. Ich streite mit mir selbst und hasse es, dass ich mir viel zu laut bin, um schlafen zu können. Die Abiturprüfungen wurden ins Unbestimmte verschoben. Ich versende digitale Übungsaufgaben.

Ich würde mich gern mehr bewegen. Zum Glück hat das Haus viele Treppen.

Wir machen eine Putzparty.

Au ja!

Du wischst den Boden der Küche. Such dir den schönsten Lappen aus!

Ich mache die Badezimmer sauber, da hat sonst keiner Lust drauf. (Ich auch nicht, aber wen kümmert das schon!) Die Kleine nimmt das buntgeblümte Tuch und umtanzt singend die Klinken der Türen im Haus.

Morgen, Mama, möchte ich mittags gern Igelwürstchen.

Wie geht es dir?

Das »In guten, wie in schlechten Tagen« beschränkt sich auf schmerzhaft hinwegsplitternde fünf Minuten, die die unüberwindbaren dreihundert Kilometer kaum zu überbrücken vermögen. Die Antwort schwingt zwischen den Zeilen.

Wir lügen einander Zuversicht.

Die Kinder stellen sich dankbarerweise blind.

Was basteln wir heute?

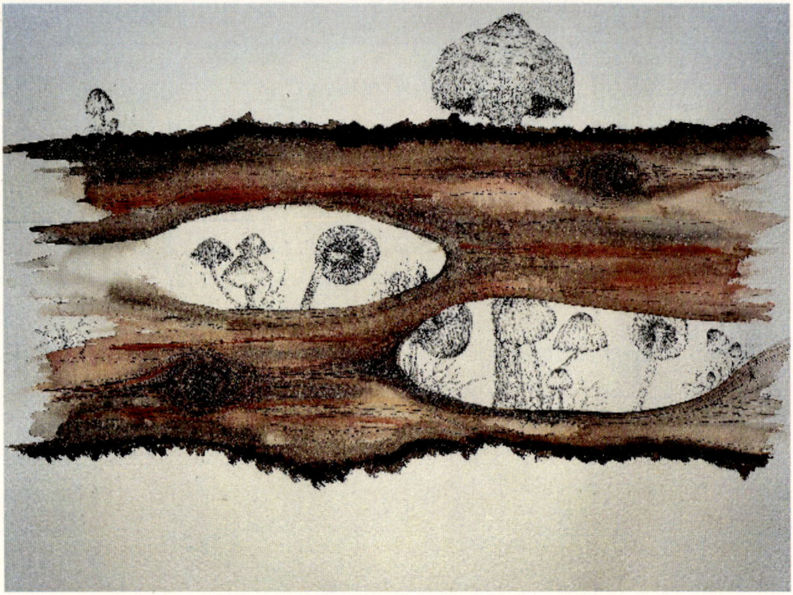

UNSER REVIER

Das fallende Laub des Herbstes malt mir Schatten auf die Lippen und ich erinnere mich deiner. Den Brotkanten in den lauwarmen Milchkaffee mit reichlich Milch stippend, dick mit Zucker bestreut, wurdest meiner Bitte, vom Früher zu erzählen, nie müde.

An deiner Seite durchschritt ich unzählige Male den Wald und ahnte damals bereits vage, welch' wertvolles Vermächtnis mir deine Liebe ein Leben lang hinterlassen würde.

Dem kleinen Volk bauten wir in vielen Jahren mannigfache Stuben am Fuße der schier himmelragenden Kiefern. Mit Moos deckten wir Betten. Blätter und Borke formten zahllose Tische und Stühle. Ein Eichelhut ward zum Lampenschirm und immer eilten wir zur Mittagszeit an der Großmutter Tisch, um zwischen Ferienwunschgabelbissen und Nachtischlöffeln von den Abenteuern im Tann zu schwärmen.

Wir waren Verbündete, die die Jahrzehnte nicht zu trennen vermochten.

Im Juni schnürten wir uns Milchkannen an den Gürtel. Du die großen Zweiliterkrüge, gleich mehrere an der Zahl. Ich einen kleinen, der sich nie ganz füllen wollte, indes sich der Mund verwunderlicherweise ebenso schnell blau färbte wie die Finger. Weich setzten wir unsere Schritte auf sonnenbetanzten, morgentaudampfenden Waldpfaden.

Am Nachmittag schmeckte das blauschwarze Glück dann auf dem noch ofenwarmen Hefeteig, von dem die ersten

Streusel schon direkt nach dem Backen weggenascht worden. Die Tage schienen Jahr ums Jahr so endlos wie ganze Sommer mit dir.

Später wiegten sich die Wattewolken der Schaumzikaden wie kleine Flocken von Sommerschnee verträumt im heißen Juliwind. Wir lagen rücklings im würzigen Gras der Lichtung und hielten den Atem an, bis mutige Eidechsen über uns hinweggeklettert waren. Kleine Drachen, die ihren Kopf der Sonne entgegenreckten und es gab nichts, was uns Sorge bereiten konnte.

Deine schwarzen Augen blitzten vor Vergnügen, wenn du mir aus der frisch geschnittenen Rute eines Haselstrauches eine kleine Flöte schnitztest. Mit Grifflöchern und abgeflachtem Mundstück am hölzernen Kern, der nach vollendetem Werk fluchs in die saftig braune Rindenhülle zurückgeschoben wurde und die immer mindestens drei verschiedene, aber immer recht schräge Töne zu zaubern vermochte.

Das waren die unbeschwerten Tage.

Im Herbst zogen wir die Gummistiefel über und trugen die Pilze körbeweise nach Hause. War manch ein Fund noch zu klein, um abgeschnitten und im selbstgeflochtenen Bast platziert zu werden, bedecktest du ihn mit ein wenig trockenem Laub und hast ihn am übernächsten Tag an gleicher Stelle zu stattlicher Größe gereift, tatsächlich zielsicher wiedergefunden.

Du hast den Wald inmitten der Bäume gefunden.

Er war deine Westentasche und mein vertrautester Spielplatz.

Abends ließen wir im Oktober Schleien in der Zinkbadewanne des alten Waschhauses schwimmen.

Du hast mir die Liebe zum Grünen gelehrt, ohne jemals zu belehren.

Ganz selbstverständlich glitt meine kleine Hand viele Jahre lang in deine, um an deiner Seite eine geborgene Welt zu erobern.

Am letzten Tag im Februar hingen kleine weiße Lampions am Heidelbeergrün in der Vase auf dem Tischchen am Bett und deine große Hand lag ganz plötzlich winzig klein in meiner. Stumm und still spürten wir einander, verabschiedeten uns und gingen noch einmal zusammen auf dem weichen, harzig duftenden Boden der behüteten Geborgenheit.

molto

WALDBAD

Die Japaner gehen nicht im Wald spazieren.

Auch wandern sie nicht.

Stattdessen sieht ihre Sprache für dieses Unterfangen einen Ausdruck größten Wohlbefindens vor. Die Japaner nehmen im Wald ein Bad.

Wenn sie den Wald betreten, tauchen sie ein in einen Ozean aus abertausenden Tropfen aus Grün.

Sie atmen tief und lassen sich treiben im harzigen Geruch der Sonne, die spielerisch in Wellen auf dem moosbedeckten Boden flimmert. In goldenen Tönen knistern die Zapfen des Vorjahres die uralte Melodie des Vergehens, des Seins und des Werdens, während raschelndes Laub am Pelz der Maus entlangsummt.

Schließen sie die Augen, werden sie für einen erholsamen Augenblick eins mit dem knorrigen Stamm, an dem sie lehnen. Die standhafte, unermüdliche und wohltuend gemächliche Energie des Baumes umhüllt die menschliche Hast und lässt diese in kürzester Zeit zu Gelassenheit gesunden.

In den Wipfeln der Gehölze treiben Schwärme von Vögeln ihr frohlockendes Singspiel, das zwar weithin tönt und dennoch größte Ruhe verströmt. Sie kämmen das Korallwerk der Äste und sind die Fische des Waldes, in dem die Japaner Glück sammelnd baden.

Erfrischend kühlt die leichte Brise zwischen den Zweigen auch an heißesten Sommertagen die überhitzten Seelen und wärmt die Herzen trotz klirrender Kälte in eisigen Winterstunden.

Der Wald ist den Japanern Trost und Erquickung. Sie lassen ihre Sinne verschmelzen mit dem wogenden Rhythmus der rauschenden See aus smaragdener Blattflut und jadegrünen Nadeln. Eine seidige Brandung schmiegsamen Grases umfließt Inseln aus Pilzen, die mit ihren Hüten silbrig schimmernde Flechten beschirmen.

Allerlei Getier verbirgt sich inmitten der sprudelnden Flora. Bunte Falter durchflirren die Luft und Käfer finden ihr geschäftiges Tun, die Gezeiten zu pflegen. Gleich einer Springflut äßen Rehe am Rindenholz, indes Hummeln sich von der süßen Strömung würziger Blüten in ihrem bewährten Fahrwasser leiten lassen.

Kehren die Japaner zurück in ihren von Disziplin gekennzeichneten Alltag, sind sie für eine Weile die Schaumgeborenen und ruhen befreit aller Lasten in ihrer Mitte.

Waldbaden.

Ein Ausdruck voller Ehrfurcht und Liebe.

Ach, ich wünschte, wir könnten dieses liebreizende Wort ganz selbstverständlich auch in unsere Sprache einflechten und unsere Natur ebenso lebendig empfinden lernen.

WANDERTAG

Lockdown light, Homeschooling, Homeoffice.

Diesen einen überragenden Triumph muss man all den Anglizismen schon zugestehen: Euphemistisch verbreiten sie wohlklingend einen Anschein trügerischer Eleganz und Modernität. Chic und zeitgemäß kommen sie Harmlosigkeit vortäuschend daher und suggerieren einen gelungenen Schritt hin zu einer besseren Zukunft, die schon jetzt im Heute und hier stattfindet. Grandios! Wir sind uns selbst um eine Nasenlänge – mindestens! – voraus und haben den Mief der Vergangenheit endlich abgestreift.

Nun ja.

Das wäre alles zu schön, um wahr zu sein, und fast könnte man die maroden Strukturen hinter der geputzten Fassade tatsächlich vergessen.

Gleicht der Balanceakt zwischen Online-Unterricht und Online-Unterrichten doch mehr einer gefährlich eisglatten Gratwanderung denn ausgewogener, erfolgversprechender pädagogischer Meisterleistung.

Das kleine Kind boykottiert das Lernen am eigenen Schreibtisch einfach konsequent mit der Einstellung, dass Schule nur in der Schule stattfindet und nirgends sonst. Jegliche Mühe, es zur Bearbeitung aller ausschließlich per klassischer Kopie in Papierform vorliegenden Aufgaben zu motivieren und das auch noch in einem dem eigentlichen Unterrichtstag entsprechendem Zeitfenster, schlägt fehl. Bleibt nur das nervenzehrende tatsächliche Danebensitzen und gemeinsame Durchquälen durch Addition und

Subtraktion im Zahlenraum bis Eintausend oder das stupide Auswendiglernen der Körperteile von Rind, Schwein und Huhn. Geistig nur halb anwesend, weil wohlwissend, was ein Zimmer weiter am eigenen Schreibtisch gerade unerledigt liegen bleibt und die Nachtstunden später füllen wird, fragt man sich, welches Mantra einem wohl helfen könnte, Geduld zu entwickeln und was man in Ermangelung der Mittagsspeisung in der Schule den lieben Kleinen in etwa einer Stunde schnell kochen soll.

Die Große befindet sich an ihrem Schreibtisch derweil zum zweiten Mal am heutigen Tage auf Wandertag. Keine Ahnung, wo es gerade hingeht. Bewegen wird sie sich dabei nicht. In Ermangelung passender Textbausteine benennt man die Videokonferenz als Wandertag im virtuellen Stundenplan. Im Dschungel der schulischen Clouds, Lernplattformen und Videokonferenzen beißt sie sich eisern durch, auch wenn der digitale Kontakt zwölfmal innerhalb von fünfzehn Minuten abreißt.

Es läuft doch ...

NICHT!

WETTERWECHSEL

Nach dem Winter kam der Frost.

Er hielt sich eisern auf nie gekannte Weise und zwang schleichend alles Leben hernieder. Die neue Kälte versiegelte die Tore ins Hinein und Hinaus. Niemand konnte ihr entfliehen, denn auch die Wege lagen verweht und ein allmähliches Vergessen an ihren einstigen Lauf setzte ein. Das Viel-zu-viel an Zeit und Viel-zu-wenig an Ausblick drohte auch der verborgenen Glut, die hier und da noch leise knisterte, gefährlich zu werden. Lodernde Feuer zeigten sich schon längst nirgends mehr oder wurden stillschweigend von unsichtbarer Hand erstickt.

Vielerorts brachen sich Stürme Bahn, von deren unerbittlicher Heftigkeit wir zuvor nichts ahnen konnten. Sie trugen selbst die sicher geglaubten Gemäuer trutziger Burgen ab und ließen das Eis in den entblößten Zimmerecken in irren Wirbeln tanzen wie trockenes Laub im Herbst.

Ein flächendeckendes Ausgesetzt-Sein.

Frierend.

Harrend.

Unendlich ermüdend und doch Nacht für Nacht gänzlich schlafraubend.

Das schroffkantige, kristallene Treiben überzog das Heute mit zwielichtiger Dunkelheit und ließ kaum noch an ein Morgen glauben. Ein jeder Stundenwechsel verzerrte die Wahrnehmung ins grenzenlos Trübe und nötigte den einstmals klaren Blick durch die milchigen Facetten eines verwirrend teuflischen Kaleidoskops.

Warfen wir einen Blick in den verlorenen Kalender, auf dessen Seiten die Monate ungesehen vorbeizogen, stellte sich die Ahnung ein, dass der Sommer längst begonnen haben müsste. Doch wie sollte ein Sommer Früchte tragen, wenn das Land keinen Frühling gesehen hatte, fragten wir uns. Im lähmenden Schlaf zeigt sich kein Gedeihen.

Obwohl sich eines Nachts das Eis überraschend zurückzuziehen begann, bot sich die Sonne auch in den darauffolgenden Tagen nicht dar. Sumpfiges Tauwetter ersäufte den ausgelaugten Boden, während tiefhängende Wolken das Gemüt in grauer Tristesse zu ersticken suchten. Der ersehnte Witterungswandel ließ nur die Flüsse anschwellen und hing zahllose weitere Tränen in das Astwerk der kahlen Bäume.

Wie lange wohl würden unsere Vorräte noch halten?

Mancherorts erlaubte ein Landregen nahezu unbemerkt das Erkennen der fernen Szenerie von vertrauten Panoramen an weit liegenden Horizonten. Aber Windrichtung und Niederschlag sind keine verlässlichen Gesellen. Eben noch klar erkennbar, entflimmernten vorübergehend erhellte Fluchten rasch abermals in eiligen Nebeln.

Dann, eines Tages, saßen wir plötzlich unter sattgrünen Zweigen in denen üppiges Herzrot hing. Um einen festen Kern schmiegte sich das süße Fleisch und lud uns ein, pulsierendes Leben ganz neu zu verkosten.

Die Schwalben trugen nahezu vergessene Kunde von Hoffnung ins Himmelblau und der Wind, an diesem einen Abend all seiner Feindseligkeit beraubt, streichelte auf berührende Weise wohlklingende Zuversicht in unsere notleidenden Seelen.

Es muss also doch geblüht haben in diesem Frühling, den wir nie sahen. Irgendwann und irgendwo im tief Verborgenen.

Ist auch das bedrohlich tiefe Grollen der dunklen Gewittertürme rund um den azurfarbenen Schwalbenflug längst nicht verstummt, wiegen wir uns dennoch von Neuem in der Gewissheit, dass die noch sonnenwarmen Früchte dieser einen Sommernacht uns fortan sicher nähren werden.

ZEITREISE

So jung an Tagen noch liegt das Jahr danieder, als sei es bereits altersmüde.

Mühselig schleppt es sich voran und kommt doch nicht vorwärts. Der Ballast angehäufter Tage aus erst jüngst vergangenen zwölf aufwühlenden Monaten wiegt tonnenschwer und lässt sich nicht abschütteln. Gleich einem knurrigen Köter hat er sich in der neuen Zeit Beinkleid verbissen und hängt dort nun zornig zappelnd, zerrend, zeternd.

Die Seelen der Lieben zogen sich langsam zurück und liegen still harrend im dunklen Eck. Kaum einer wagt, das Bein zum vagen Schritt zu strecken und zieht es vor, aus Angst vor reißend spitzen Zähnen überdauernd im Schatten zu hocken. Im fehlenden Licht kehrt sich das Selbst schutzsuchend nach innen und liegt verletzlicher denn je wie eine klaffende Wunde offen. In ihrer unsichtbaren Bedrohlichkeit ist die Gefahr nicht trennscharf zu erkennen. Das schüchtert ein, schrumpft Mut und Stärke zu kläglichen Überresten der einst breitbrüstigen Charaktere und lässt sie zerbrechlich schmal werden.

Im steten Sog aus Furcht verblassen die Farben.

Im Wechsel lag kein Wandel.

Einzig ein Weiterhin ohne jegliches Wohin.

Das Aufraffen fällt zunehmend schwer, denn es stellt sich die Frage des Wofürs.

Und doch!

Dennoch!

Trotzdem!

Es ist noch da, das, was uns alle einzigartig, menschlich macht.

Das Glimmen in der Brust.

Das Brennen im Herzen.

Das Feuer eines jeden Einzelnen.

Beeindruckend, außergewöhnlich, ohnegleichen nimmt sich ein jeder sein Fünkchen aus vielerlei und speist seine eigene Glut.

Heute Morgen führten mich gar frühe Wege hinaus und ließen mich entlang schlafender Straßenzüge stapfen. Raureif lag auf den Autoscheiben, als hielten auch diese ihre Augen träumend vor der Wirklichkeit geschlossen. Den Mantelkragen hochgeschlagen betrachtete ich die Schönheit der samtschwarzen Stille staunend und atmete eisige Klarheit.

Ich durchschritt Äonen an Zeitaltern und erlangte Erkenntnis für einen winzigen Augenblick.

Die Welt liegt in einem überlangen Winterschlaf und ruht nach einer Ära, die unwiederbringlich ist. Doch nichts ist verloren. Der Frühling wird kommen. Er war nie ganz weg, sondern lag nur versteckt.

Als die Sonne aufging, vernahm ich seinen flüchtigen Duft in der noch frostigen Luft. Herbeigetragen von den erwachenden Vögeln. Mit noch kratziger Stimme hoben sie an, die uralten Weisen des Neubeginns zu singen. Es waren nur wenige.

Aber sie sangen.

ZEITFENSTER IN VERSEN

Sonate No. 17, "Tempest"
1st Movement
Opus 31
Largo
Allegro
cresc.
Adagio
Largo
Allegro

AD INFINITUM

Kurze Stunden durcheilen die schlummernde Rast.
In weißen Nächten weht der Mittsommer am Mast.
Anbrandend an das Riff der Dunkelheit
zieht die Mitte des Jahres uferlos weit.
Der Tag füllt den Zeitstrom mit hohem Pegel.
Heller Glanz nimmt dem Schlaf allen Wind aus dem Segel.
In die Abenddämmerung der Morgen schon fließt,
wie ein Fluss, der sich unerschrocken ins Meer ergießt.
Dort irgendwo wurde ich einst geboren,
am Rande der Minuten, die sich das Zwielicht erkoren.
Das Licht und all seine Schatten rinnen in meinem Blut.
Mein Herz taucht im Regen und tanzt in der Glut.
Ich wasche mir die Seele in der Abendsonne
mit reinem Verlangen nach Leben und Wonne.
Indes meine Zehen schon voller Lust
den Morgentau überstreifen im grasgrünen Kuss.
Ich pflück' mir den Mond und lasse ihn treiben
als silbernes Floss im Spiegel der Gezeiten.
Da, wo blasse Wolken bei den Sternen verweilen,
türmen sich purpurne Blitze, die Stille in Gebirge zu teilen.
Im schimmernden Fahrwasser setze ich über
zum rotglühenden Feuer meiner vielen Gemüter.

Mein Junilied erklingt im kostbaren Hall
des seltenen Duetts der Amsel mit der Nachtigall.
Heute bin ich hier und morgen schon dort,
sehne mich rastlos nach Ruhe
und suche stets das Immerfort.

AKKURAT VERSCHWENDET

Ein Weg im Quadrat,
das Klein im Klein,
pflastert sauber geordnet
das trist-graue Sein.

Der phantasielose Verrat
frisst beständig pflichterfüllt
die Endlichkeit und
hält die Träume still verhüllt.

Schon reißt die feine Naht,
trennt die Seele ab vom Leben.
Solch' fädchenkurzer Faserbruch
lässt sich kaum neuerlich verweben.

ATEMPAUSE (IM KLEINEN FERNAB)

Gläsern rinnendes Geäst
verzweigt die Sicht.
Milchfarben sich der Himmel
im Regenspiegel bricht.
Stimmen legen mir ein Vlies,
in dem ich weich versinke.
Aus warmem Wohl im Glase
ich leises Fernweh trinke.

Ein Moment der Ruhe ist's,
den ich mir hier gefunden.
Wie er mir schon den Tag sanft glättet,
mich lässt vom Allerlei gesunden.
Bin noch inmitten, werd gesehen
und doch ganz weit, für mich allein.
Versonnen lächelnd schreib' ich mir
stilles Glück aufs eigene Sein.

Mein kleiner, ganz geheimer Raum,
den mitzutragen, spür' ich kaum,
nimmt mir die Last,
wenn ringsumher die Welt zerbricht,
gibt Zuflucht mir
und auch ein Licht,
stehe ich allein
in Allem und im Nichts.

ATEMZUG

Wenn der Moment am Bleistift kaut,
das Auge aus Wolken Schlösser baut,
verliebt sich die Seele in die Welt,
damit das Ich nie auseinanderfällt.

AUFGERÄUMT

Konsequenterweise
sollte man
all die gebrochenen Versprechen,
die man zeitlebens erhalten hat,
endlich entsorgen,
damit man sich
nie wieder
an ihnen verletzt.

Mit Kehrschaufel und Besen
splittern sie
ein letztes Mal
schmerzend
ins Vergessen
und schaffen Raum
für neues Vertrauen.

AUSDAUER

Hast du auch den einen Traum,
den aufzugeben, wagst du kaum?
Auch wenn dein Selbst zitternd erbebt
und es im Ungewissen schwebt,
gibst du der Hoffnung ewig Raum,
weil sonst dein Herz nicht überlebt.

Ganz tief bleibt Sehnsucht fest verborgen.
Du wagst kein Teilen deiner Sorgen.
Entsprichst indes der Tagespflicht,
sprichst über dein Verlangen nicht.
Verwünschst des Nachts so manch ein Morgen.
Erfüllung ist weit außer Sicht.

AUSKEHR

Der Spiegel, blind und eingetrübt,
zeigt nur ein vages Bild,
das puzzlegleich sich nicht ganz fügt,
wovon wir träumen wild.

Der Winter geht, das Frühjahr naht.
Die Hecken muss man stutzen.
Das Licht, das einfällt, ist noch fad.
Es gilt, den Weitblick klar zu putzen.

Nebelschwer und schattenlang
schlichen hinfort die dunklen Tage.
Nun ahnt man schon frühen Gesang
und wirft den Ballast in die Waage.

Kehrt eure Häuser und Gemüter
mit Reißig, Besen und Ideen.
Es hilft kein Schatz gehäufter Güter,
um einen neuen Weg zu sehen.

BERECHENBAR?!

Der Monat ist vorüber.
Es lässt sich auch nicht ändern.
Die Sorgen dieser Tage
sitzen schon auf den Rändern
des Zeitsprungs hier im Jahre.
Sie zögern noch, zu stürzen
ins endlos stetig Gestrige.
Verloren ihre Macht zu kürzen
die Träume samt der Nacht.
Die Stunden eilen indes weiter
im Takt des Wochenmarathons.
Der Zukunft wilde Nebelreiter
verschleiern mir den nächsten Sturm.
So hangelt sich das Leben wieder
entlang des Kalenders Uferweg.
Heute blüht bei uns der Flieder
und morgen ruht die Welt froststumm.

BESUCH

Ach, weißt du, mein Freund,
es besorgt mich kaum,
dass rostig, löchrig und krumm
dich umfriedet ein alter Zaun.

Ich blicke über diesen dahin,
bin gar erleichtert und froh,
dass aus deinem Grün
kein Singvogel ins Weite floh.

Dein Garten blüht üppig,
wirkt einladend und wild.
Die Knospen und Blätter
malen ein Willkommensschild.

Das Dickicht der Sträucher
schützt dich vor zu rauer Brise.
Durch zerzauste Baumkronen
tanzt Licht hinab auf die Wiese.

Ein Zaun schafft nur Grenzen.
Die hast du überwunden.
Im Zerfallen der Gatter
Ist alle Not längst verschwunden.

BEWAHRENS W E R T

Wir markieren,
was uns am wertvollsten scheint,
damit es uns irgendwann wieder vereint.

All die kostbaren Orte
erhalten Namen
dank wohlklingender Worte.

Das Kreuz in der Karte
zeigt,
dass ich hier ewig warte.

Ein rostiger Nagel
den Baum mit Reimen verziert,
deren Melodie bei Frost gläsern erfriert.

Im langsamen Vergessen
Ist die Kerbe am Boot
Immer noch sicherer als der Gedanken schleichender Tod.

BEWEGUNGSRADIUS

Die hohen Rösser steh'n verlassen
auf Koppeln unerreichbar fern.
Längst sind wir herabgestiegen,
denn Einsamkeit beginnt zu siegen.
Die Stille, lauter noch als Lärm,
lässt die Erinnerung verblassen.

Im Schneckenhaus, ganz dicht an dicht,
windet sich so manches Ich
ums eig'ne Selbst und harrt.
Schweigend ist auch das Licht erstarrt.
Gefroren zieht die Stunde sich,
bis sie am Tagesrand zerbricht.

Zur Schrittlosigkeit verdammt
sind uns're Füße, die rastlos ruh'n
in schweren Eisen.
Nur uns're Finger sind auf Reisen,
doch haben sie nichts mehr zu tun
und harte Hände werden Samt.

Einzig Gedanken spiegeln Weite.
Die Spur entspringt dem Tintenglas.
Am Papier entlang formen sie Orte,
bedienen sich fast vergess'ner Worte
und finden bald das rechte Maß
für Trost auf einer leeren Seite.

BITTE

Wir halten unsere Sehnsuchtsfäden in beiden Händen.

An ihnen tanzt das Leben, die ungewisse Marionette.

Es wiegt sich dort
        verträumt
        unbeirrt
        jugendlich
        erfahren
        grotesk
        beschwingt
        schmerzerfüllt
        euphorisch
        planlos
        leidenschaftlich
        zitternd
        beseelt
        altersmüde
        weise
        berauscht
        unbedarft
        kraftvoll
        melancholisch
in den dahinwehenden Tagen.

Dann und wann ist es überlebenswichtig,
im Gegenwind ein leichtes Ziehen zu spüren,

um sicher zu wissen, dass sich nicht alle Enden ins Leere spinnen.

Dass wir hier und da einander in Hoffnung verbunden sind.

Dass die Liebe in uns sicher verankert ist und
das Dasein in der Schwebe hält,
damit das Herz und die Seele nicht ins Bodenlose stürzen.

Verknote deinen Aufwind mit meinem.

Lass uns einander tragen.

BIWAK

Ich bin dann mal weg.
Bitte sucht nicht nach mir.
Ich brauche den Baum,
den ganzen Wald und den Fluss.
Dazu das leichte Gefühl,
dass ich gar nichts tun muss.

Ich will nur tief atmen,
ganz still und allein,
denn mein Gefieder ist struppig,
schier glanzlos, zu schwer.
Hängt bloß noch in Fetzen,
trägt den Tag mir nicht mehr.

Ich sattle die Schnecke
und schnüre die Schuh'.
Der Regen wäscht sanft mir
den Staub vom Gemüt.
Heut' Nacht bleib' ich draußen.
Heimzukehren wäre verfrüht.

BRACHLAND

Auch dieser Tag zerfällt zu Staub

Dem Morgen fehlt das Gestern
Erinnerung fließt ins Vergessen
Richtungslos wird Zeit geraubt

Ich blätt're in der Stunden Seiten
Zurück und vor und mittendrin

Es scheint ein irres Kräftemessen

Im Überall wächst viel zu viel
Das Dickicht wuchert ungehemmt

Ich such' die Sonne im Gesträuch
Vielleicht finde ich zwischen Dornen
Die eine Knospe, die noch glänzt

BÜRGSCHAFT

Triff mich dort
am Weltenrand.
Nimm nichts mit,
nur ein festes Band.

Dann werden wir
abwägen und staunen,
einander lauschen
und Gedanken zuraunen.

Über das Leben, wie es verspricht.

Über das Leben, das Versprechen bricht.

Ganz nah an der Klippe,
den Blick in die Tiefe,
fragst du, wie es wohl sei,
wenn man nur noch schliefe.

In diesem Moment
gib mir bitte dein Band.
Ich will es eng verknüpfen
mit meiner Hand.

Gemeinsam treten wir
schrittweise zurück,
hinweg vom Abgrund
und großem Unglück.

DAS GEWEBE AUS WELT UND SEELE

Ein Strickwerk fasrig grob, gleichsam auch spinnenfein,
aus Dornen und Geäst gewirkt, dabei ganz blütenrein.
Wie Seide schmeichelt es dem Selbst,
manchmal du durch die Maschen fällst.
Klammerst an letzte Fäden dich,
hoffst, dass keine Faser bricht.
Schwankst dann eine ganze Weile.
Findest Balance auch ohne Eile.
Schwingst dich kletternd bald empor
und holst ein stärkeres Tau hervor,
mit dem du dich ans Leben bindest,
vielleicht neue Wege findest.
Du bleibst stets ein Teil davon,
bist Vater, Mutter, Tochter, Sohn.
Das Puzzle fügt sich immerfort,
erst weilst du hier, später auch dort.
Heute noch winzig, nur für dich,
vereinst du morgen inniglich.
Dein Denken, Fühlen, Sein und Werden
vollbringt Wunder oder Scherben.
Nie wirkst du bloß allein für dich,
bist eins von vielen, vergiss das nicht.

DEZEMBER

Das Wasser schneidet das Ufer vom Land
mit diamantklaren Klingen
geführt von tiefgrüner Hand.

Der Wald liegt im Rost noch,
doch trägt er den Schlaf
längst am Knopfloch.

Ein gläsernes Rascheln durch die Wipfel zieht,
wenn erster Frost aufspielt
zum klirrenden Lied.

Selten schrei'n heiser am Abend die Krähen
aus dürren Zweigen,
die windzerzaust wehen.

Die Welt hält inne vom eiligen Fleiß
und wartet auf Stille
im fallenden Weiß.

Ein Wandern entlang der dämmrigen Stunden
lässt Herz und Seele
wohltuend gesunden.

ENTFESSELT

Alptraumfarben, abgewrackt
strippt mir der Weg die Seele nackt.

Der Mut, den Schleifstein wegzupacken,
trifft härter als ein Schlag im Nacken.

Ich hab' die Schuhe ausgezogen,
die mir die Richtung vorgelogen.

Barfuß setze ich die Schritte und
finde endlich meine Mitte.

Die Steine liegen quer und rau,
doch ich ihr Rollen nun durchschau'.

Stechen sie mir Herz und Füße wund,
geb ich mich dennoch tanzend kund.

Liebst du mich auch im Nimmermehr?
Trotz aller Last fehlst du mir sehr!

ERBLEHRE

Was, wenn uns'rer Eltern Rat
Manchmal nicht mehr war, als Verrat?

Weil sie zu oft bloß wiedergeben,
was sie selbst mussten erleben?
Weil sie noch nie den Mut aufbrachten
und immer mit der Menge lachten?
Weil sie nur liefen in den Bahnen
der vom Wind gelenkten Fahnen?
Weil sie die Muster, die sie strickten,
jahrzehntelang nur brav abnickten?
Weil sie sich fürchten vorm Entfalten,
blieb daher stets alles beim Alten?
Weil sie den Alltag überstanden
und ihr Glück dann doch nicht fanden?
Weil man ihnen immer sagt,
es scheitert der, der zu viel wagt?
Weil sie das Überwort ›Moral‹
dogmatisch werten als Schicksal?
Weil ohne viel Veränderung
ihr Leben niemals kam in Schwung?
Weil sie die Lüge tarnten durch Genuss,
ist Ehrlichkeit dann gleich Verdruss?

Was, da wir jetzt Eltern sind,
raten wir nun uns'rem Kind?

ERKENNTNIS

Da liegt Erleuchtung auf der Straße.

Regennass glänzt der Asphalt.

Es spiegelt ein Himmel Vergangenheit
im schimmernd blanken Glase.

Meine Erinnerung
am Glühfaden zerriss.

Verglimmend bleibt die Stadt eiskalt.

EXPEDITION JENSEITS DER SICHTGRENZE

Und wage ich den Schritt
über den Horizont hinaus,
so ist's nicht nur ein Tritt,
verlass' ich mein vertrautes Haus.

Auf der Reise erbaut mir der Schall
mit jedem unbekannten Stücke
zwischen mir und dem Überall
eine dauerhaft sichere Brücke.

FARBLEHRE

Schiefergrau schmiegt sich das Haus
an Hang und Stein und Moos und Farn.
Vielerlei geht ein und aus.
Der Mensch hängt oft am feinsten Garn.

Nicht immer kann man sichtbar sein.
Manchmal lebt sich's im Schatten gut.
Im monochromen Dein und Mein
verliert sich Zuversicht und Mut.

Nimm ruhig ein Prisma und zerlege
das Schwarz und Weiß in Kunterbunt.
Der Phantasie steht nichts im Wege,
sie schleift selbst scharfe Kanten rund.

Erst im Verschwimmen der Gedanken
beginnt man endlich klar zu sehen.
Gerät das Sein erneut ins Wanken,
wird man nicht mehr im Grau verwehen.

FLASCHENPOST

Ich falte ein Boot
und setze an Bord
graphitgraue Zeichen
zu formen ein Wort.

Als Mast dient ein Streichholz,
entflammbar und leicht.
Doch wird es nie brennen,
wenn es im Wasser aufweicht.

Eine kleine Phiole
fülle ich dann mit Mut
und geheimsten Gedanken
zu Fracht und Treibgut.

Nun wart' ich auf Regen,
denn ich hab' keinen Fluss.
Am Bordstein ein Rinnsal,
weil das Schiff schwimmen muss.

Das Unausgesprochene
harrt still hier bei mir.
In flutgleicher Dürre
verglüht mein Papier.

Kein Wind bläht die Segel.
Asphalt reißt vor Wut.
Es fehlen Leben und Tränen.
Blutrot glänzt die Glut.

GEBET

Gib uns einen lichten Morgen
Hör bitte zu, versteh' die Sorgen
Mittags reich' uns allen Essen
Erlass' uns kurz das Kräftemessen
Beginnt die Sonne dann zu sinken
Gib reines Wasser uns zu trinken
Noch vor dem Abend und der Stille
Zeig uns, dass Güte ist dein Wille
Nachts lass' alle friedlich ruh'n
Wir sollten uns nie Gewalt antun
Kannst du dich auch manchmal zeigen?
Dann hör'n wir vielleicht auf zu streiten
Ein kleines Zeichen dann und wann
Damit die Hoffnung leben kann

GEDANKENKARUSSELL

Weißes Rauschen.

Keine Rast.

Gedanken flattern unter schwerer Last.
Erschöpfung wirbelt in quälender Hast.

Im Tosen der Nacht
schweigt der Mut.

Gefühle begrübeln Zweifel.

Flut,
Flut,
Flut!

Die Angst sich

a n b i e d e r n d

vor der Stille verneigt,
während der Blick
sich ziellos suchend verzweigt.

Ich bin mir selbst müd
in meiner Schlaflosigkeit.

Auf meinem Kissen
tummeln sich lebhaft

Neid,
Streit,
Leid.

... und der Morgen ist unerreichbar weit.

GEDANKENREISE

Das Glück liegt im Kleinen.
Ich beginne zu sehen,
dass, solange ich denke,
mir nie der Trost wird ausgehen.

Kein Tag fügt sich mehr
in die uralten Muster.
Im Kopf herrscht noch Weite.
Ich bin meiner Sohlen eigener Schuster.

Bin ich auch verdammt
zum Schuften und Schwitzen,
schreitet mein Geist aus,
ich hab' keine Zeit, nur zum Zeiten absitzen.

Ich lebe noch immer und
erinner' mich gar kommender Träume,
spinne sie weiter und erkenne die Hoffnung
beim Blick in die Bäume.

GEFUNDEN

Am ärgsten
tobt der Sturm bei Flaute.
Still peitscht der Regen
Tränen ohne Trost.
Die Gedanken weh'n
entlang meiner Launen.
Ein wenig Sonne
Ließe mich wieder staunen.
Doch, wo liegt der Anker,
wenn das Leben wild tost?
Es scheint schon ewig,
dass ich mir vertraute.

Dann stehst du dort,
ganz versunken im Augenblick,
wendest dein Gesicht
zur wärmenden Sonne.
Da ist es, mein Ufer – gespiegelt im Lächeln,
zauberhaft schön!
Noch ist es weit bis zum Sommer,
der laue Wind ist nur Föhn.
Dein Strahlen jedoch
in frühlingsfroher Wonne
wird zu dem Funken,
mir wiederzugeben leuchtendes Glück.

HALT(LOS?)

Argwohn säht in dunklen Furchen,
bestellt den Acker schwer mit Neid.
Wo gestern Schalk und Funkeln blitzten,
begegnet mir die Welt im Streit.

Versteckt hinter den vielen Masken
war wohl der Mensch mehr Schein als Sein.
Im Angesicht des Unbekannten
schenkt man nun ein ganz reinen Wein.

Wie gut, dass deine Hand sich öffnet
und meine darin freundlich drückt.
Blieb' mir nicht dieses kleine Zeichen,
würd' ich noch ganz und gar verrückt.

HERBSTLIED

Das Tageslicht verhüllt die Schatten.
Grau fließt ins Grau ganz unbemerkt,
drückt sich entlang der Häuserecken,
greift um die Bäume, spielt Verstecken.
Das Heute gaukelt unbeschwert,
wenn Mut und Aussicht still ermatten.

Das Jahr packt auch schon seine Tasche
und lässt das meiste hier zurück.
Es eilt fort mit großen Schritten.
Wir sitzen ratlos im Inmitten.
Zur Flucht nach vorn fehlt noch das Glück,
blieb doch vom Sommer nur die Asche.

Ein Lied verhallt ganz ungesungen.
Der Winter rasselt mit dem Säbel.
So viele fürchten diese Zeit –
Beklemmung, Missgunst, Einsamkeit.
Wo ist die Hoffnung hinterm Nebel?
Und ist die Leere bald verklungen?

IM FREIEN FALL

Sehe ich dich,
verliere ich mich in deinem Blick.
Du lässt mich zu oft
grübelnd mit mir selbst zurück.

Nie kann ich mir sicher sein,
welcher Part ist mein in deinem Stück.

Tief tauche ich in deinen Augen
und hoffe zu ergattern dort
Tropfen aus deinem Ozean,
die mir deine Gedanken formen

Wort

für Wort

für Wort

für Wort...

JAHRESRINGE

Wäre der Mensch ein Baum,
trüge er honigfarbene Tränen
am ruppigen Borkensaum.

Im Frühjahr triebe er winzig klein
zartgrün tanzende Wimpel
im flatternden Sonnenschein.

Später, im Sommer, wüchsen ihm Zweige.
Sich reckend und streckend
kämmten sie des Himmels wolkige Weite.

Herbststürme zerzausten ihm bald das Geäst.
Flammenden Schopfes
griffen die Wurzeln noch fest.

Frostferne Winter färbten schlohweiß sein Haupt.
Einst trutzige Rinde
zerfiele zu Staub.

Im hölzernen Herzen malte das Leben Ringe,
würde wieder zu Erde,
damit ein neuer Anfang entspringe.

KLAGELIED

Was tun wir,
da die Nacht uns nicht mehr beschützt?
Und das Versteck im Dunkeln
nichts mehr nützt.

Dann fallen über uns her

die Schlafesräuber,

Traumesbrecher,

Ruhediebe.

Die nackte Angst, ein Wechselbalg,
fletscht ihre Zähne in der Wiege.
In schwarzklammen Stunden
klaffen der Seele bittere Wunden.

Jeder Finsternis' Ewigkeit
wandelt sich wieder zum Tag.
Doch bleibt auch dieser nur
grau, trostlos und fad.

Auf der Suche nach Hoffnung,
Licht und Zuversicht
zeigt bloß die Furcht vorm nächsten Abend
ihr totes Gesicht.

Wo ist der Arm,
der sich um unsere Schultern legt,
uns wärmt und hält,
wenn allerorts die Erde bebt?

Wir scheuen schon den nahen Morgen.
Längst unzählbar
erscheint die Schar
grimmiger Sorgen.

KLEINOD

Mein schillernd bunter Kiesel
vom Ufer des Baches,
auf dem mein papiernes Boot
dem abendlichen Ruf der Mutter
so oft entgegenflog,
matt und grau verschwand
in der Ecke meiner Fensterbank.

Er nahezu in Vergessenheit versank!

Längst vergessenes Glück
plätschert mir entgegen,
spült mir den Schlüssel in die Hand
zum Tore der Kindheit,
wo ich das Licht wiederfand.
Nun recke ich erneut das Kinn,
übermütig und mit frohem Sinn.

Welch' unerwarteter Gewinn!

Ich nehme den Stein,
das kostbare Gut und
spüre sein zartes Gewicht.
In meine Tasche gleitend,
zaubert er mir ein Lächeln ins Gesicht.
Beflügelt binde ich mir die Schuhe,
ich will sie wieder füllen, meine Schatztruhe.

Hinaus! Hinaus! Ich tausche Hast gegen Ruhe.

KREUZVERHÖR

Du bist doch,
also werde noch!
Oder warst du schon?
Was willst du?
Das sollst du!
Du hättest gern
und hattest auch?
Du könntest so,
aber konntest du?

Ich bin doch
und ich werde noch.
Ich war schon.
Ich wollte viel
und sollte mehr.
Ich hätte gern.
Ich hatte auch.
Ich könnte so
und konnte aber.

Liebst du denn?
Und atmest du?
Warum leidest du?
Oder erträgst du alles?
Was suchst du hier?
Oder findest du bereits?
Lässt du auch los?
Oder hältst du fest?
Wann genügst du mir?
Wie hoch ist dein Wert?

Ich liebe sehr
und atme tief.
Ich leide viel
und ertrage mehr.
Ich suche allerorts
und finde manches.
Ich lasse los
und halte fest.
Ab und an genüge ich mir,
immer jedoch bin ich mir wert.

MUTPROBE

Flügel verleihen
die zaghaftesten Worte.

Sie entführen zuweilen
an sehnlichste Orte,
wo wir auszusprechen
erst wagen,
was uns erfüllt
mit größtem Behagen.

Mit Lust und Verlangen
wir unsere Ängste bezwangen
und schließlich einräumen,
wovon wir unzüchtig träumen.

Begierde und Liebe
sind der Tugend mächtigste Diebe.

Doch führen sie endlich
zu einem Glück, das
... vielleicht ...
sogar beständig.

NATURE

Rain on me
Wash away my pain
Let me always see
My life is not in vain

All your tears
Are full of sweetness
Calming down my fears
With a loving, soothing bless

Darkness from the underneath
Keeps its distance across miles
And the fresh air that I breathe
Turns my sorrows into smiles

(N)IMMERDANN

Mein Immerdann im Irgendwann
fiebert heiß von Hoffnung
aus Wunschtraum und Lebensklang.

Es streift entlang all der Tage, die lachten,
als wir die Nächte noch singend durchwachten
und manche Feuer sich aus Tatendrang entfachten.

So viele Monde sind seither vergangen -
nun blasen wir in recht klägliche Flammen.
Vergessen die Glut, aus der sie entstammen.

Freunde, könnt ihr euch nicht mehr entsinnen
an all die Lieder von tausenden Stimmen?
Kann Zuversicht wirklich lautlos zerrinnen?

Der Grund allen Daseins durchzogen von Rissen,
ist es der Herzschlag, den alle vermissen?
Wo ist die Liebe, wenn wir es nicht wissen?

Wie sollen wir unbeschwert träumen,
wenn Angst, Not und Zweifel die Enge umzäunen
Und schlaflos die nächtlichen Stunden uns säumen?

Ein jeder Schritt vor wirft noch weiter zurück.
Verloren scheint längst jede Aussicht auf Glück.
Schon bricht die Würde Stück um Stück.

Der Ruf des Mutes wird schwächer und schwächer.
Bleiern legt Zeit sich auf unsere Dächer.
Der Mensch ist des Menschen ruchlosester Rächer.

NOVEMBERMAGIE

Der Morgen treibt träge am Zwielicht entlang.
Bald hängt er in Fetzchen über dem Fluss,
mit dem er nachts den Nebel in Moll besang.
Dann gibt er der Sonne scheu einen Kuss.

Er träumt sich weiter voran bis zum See,
auf dem lichte Wesen zum Tanze aufwarten.
Sie wirken wie Feen aus Feuer und Schnee,
heimlich entfleucht dem paradiesischen Garten.

PORTRAIT

Ich habe Rasenfüße.
Ein jeder Schritt ist mir Erinnerung
an manch morgendlichte Wiese,
über die ich schon tanzend ging.

Der Meereswind sich spielend einst
in meinem Haar verfing.
Nun trag' ich ihn im wehenden Kleid.
Am Saum schwingen Liebe und Heiterkeit.

In Wellen pulsiert
durch mein Salzwasserherz
die Sehnsucht, das Fernweh
und etwas Weltschmerz.

Entlang meiner Schultern ragen auch Felsen,
doch sind sie mit moosweichen Kissen bedeckt.
Vielleicht möchtest du dort deine Sorgen abwälzen,
ehe der Abendtau sie in deinen Wimpern versteckt.

PROPHEZEIUNG

Dein Schmerz ist mein Schmerz.
Er ist mein Gestern.
Er ist dein Heute.
Er wird immer ein Morgen sein.
Und es zerreißt mir schier das Herz.

Es dreht sich das Rad der Vergangenheit,
greift ein ins Getriebe der Gegenwart,
knirscht unendlich und ewiglich,
spiegelt schon verronnenes Später,
trägt sich in ferne Zukunft weit.

Nie war ein Ende je in Sicht,
noch gab es einst einen Beginn.
Mit jedem neuen Menschenkind
fügen sich Freude, Liebe, Hass und Leid
im Tausch der Leichtigkeit gegen Gewicht.

RELEVANZ?!

Ein jeder leert mit vollen Händen
wie's beliebt das Füllhorn hier.
Im Benutzen liegt Verschwenden.
Der Mensch neigt sehr zu großer Gier.

Wem entspringt dein Wohlbefinden?
Wann gibst du davon zurück?
Siehst du nicht, wie sie sich winden?
Du verschlingst geschenktes Glück!

Würdelos und aussortiert,
vergessen und verraten,
sind die Ideen bald ausradiert.
Sie können nicht mehr warten!

RÜCKWÄRTSGANG

Hass trägt eine zähe Farbe.

Verklebt die Tür zum Morgen gar.

Und zeigt nur verzerrte Pfade
von einem Gestern,
das zu oft schon war.

SAMMELSURIUM

So manch ein Gedanke
haftet an meiner Sohle,
hinterlässt seine Spur dort,
wie ein flüchtiger Umriss in Kohle.

Es stapelt sich das Ideengerüst,
das gierig mir die Nachtstunden frisst.
Ist meine Laune mir heute gewogen
oder längst als Traum ins Dunkel geflogen?

Die Seele spiegelt heut'
gläsern in Aquarell
und beschattet später die Sterne
mit verwischtem Pastell.

SANDGEFLÜSTER

Ich teile das Wasser mit meinen Händen.
Die Welle rollt unter mir hinüber zum Strand.
Vom glutroten Himmel kann ich den Blick nicht abwenden.
Ein schwarzer Rabe schenkt mir eine Feder im Sand.

Das Meer umschmeichelt mir streichelnd die Haut.
Ich tanze als Tropfen inmitten der Gischt.
Eine jede Woge mir Schaumtürme aufbaut.
Ich spüre, ich lebe. Alle Bürde verwischt.

SPIEGELBILD

Mein Gegenüber
verrät mir die Jahre.
Zunehmend entdecke ich
darin all meine Pfade.

Die Linien meist folgen
der Richtung des Lächelns.
Ein Wimperschlag kann
mir Frohsinn zufächeln.

Schmetterlingsflüchtig
zuckt auf die Schnelle
manchmal auch Schwere
über die Schwelle.

Doch ist mir der Trübsinn
nicht wirklich zu eigen
und schafft es nie restlos,
mir den Mut zu verleiden.

STURHERZ GEGEN STURKOPF

Blende mich nicht!

Versuch's gar nicht erst!

Ich sehe die Wärme,
die du hinter Masken wegsperrst.

Während die Tage langsam verstreichen,
muss Kälte zunächst meiner Hoffnung weichen.

Deine Wand aus Glas ist nicht zu überwinden.

Lässt du mich irgendwann Zutritt finden?

Nagende Sehnsucht bietet mir falschen Hort,
doch ich verharre stur an diesem unwirtlichen Ort.

Eines Tages, das ist ganz gewiss,
lohnen Sonne und Frohsinn mir dieses Wagnis.

TAGEBAU

Sekunden fädeln sich entlang
der Minuten endloser Schnur.
Gleichförmigkeit versickert
im stetigen Ticken der Uhr.

Ein Kuckucksruf verhallt
zu jeder vollen Stunde,
häuft an einen Tag und
verliert sich nach jeder Runde.

Schon schürfen wir Wochen,
Monate dann und Jahre.
Liegt doch nur ein Wimpernschlag
zwischen Wiege und Bahre.

Der Abstand der Jahrzehnte
scheint trügerisch weit.
Indes rinnt rieselnd das Leben
auf die Abraumhalde der Zeit.

THE NORSEMAN'S MUSICIAN
(Dublin, Temple Bar Street)

Stimmengewirr, polternder Scherz,
Gläser, die klirren ...
leis' schwingt die Hoffnung,
es mögen sich viele des Abends hierhin verirren.
Die ersten verharren, manche schon bleiben,
um auf seinen Weisen gen Fernweh zu treiben.

> Welcome to the hotel California
> It's a lovely place ...

Nacht für Nacht sitzt er da,
spielt Melodien auf der Gitarre
und fragt sich,
ob es das wirklich schon war.
Dann streicht er übers abgegriffene Holz,
kurz erfüllt von stillem Stolz.

> Tell me why I don't like Mondays
> I wanna shot ... the whole day down ...

Drei Lieder singt er
mit geschlossenen Augen,
bedankt sich dann sehr,
hofft auf Applaus
und vergisst dabei nie,
an große Bühnen auch weiter zu glauben.

Whack for my daddy, oh
There's whiskey in the jar, oh....

Die Stunden so lang,
der Morgen bald graut.
Zu viele Menschen, zu bunt und zu laut.
Es ist ihm oft bang.
Doch ist es sein Traum,
dem er einzig vertraut.

THERAPIE

Verletzt dich jemand,
weine einen Fluss,
baue eine Brücke
und gehe darüber hinweg.

Lass die bitteren Wasser
wehrlos hinfort strömen.
An der Mündung deiner Tränen
zerstäuben sie im Ozean
und alle Traurigkeit schmilzt zu Salz,
das an deinen steinigen Ufern anbrandet,
die rissigen Kanten weich zu runden.

Erhebt sich später die Sonne am Horizont,
wird sie süße Tropfen schöpfen,
dass Frieden dich beregne,
um dir Herz und Seele wieder licht zu waschen.

THERAPY

If someone hurts you,
cry a river,
build a bridge
and walk over it.

Let the bitter water
flow freely underneath.
At your creek's mouth
it will blend into the ocean,
where all human tragedy melts into salt,
that brushes your rocky shorelines
and smoothens your hurting edges.

When, finally, the sun rises,
only sweetness will be sucked up
and happiness will rain on you
to wash your heart and soul light.

THESE DAYS

Either on top
or still underneath
I'll lose the ground
if I stop to breathe

This life is a circle
winding ist way
on restless paths
without a reason to stay

My soul is an ocean
filled with millions of tears
they are bitter and salty
while my hope often sears

TINTENBLICK

Ich fülle die Nacht in kleine Gefäße.
Sie summt darin Lieder mit samtiger Kehle.
Tagsüber ich dann das Leben ablese,
von dem ich allabendlich schreibend erzähle.

Der Tanz meiner Worte trägt viele Farben.
Die Lettern zeichnen ein Abbild der Seele.
Auf seidenen Bögen und Zetteln voll Narben
spiegeln sich Momente, die ich zum Bleiben erwähle.

TRISTESSE ENCORE

Der Herbst legt sich um meinen Garten.
Es brennt das Herz noch in der Brust.
Rastlos kann ich doch nur warten.
Es fehlt zum Bleiben jede Lust.

Die Seele ist in weiter Ferne.
Vielleicht fällt bald der erste Schnee.
War'n über den Wolken einstmals Sterne?
Die Stunden zerfallen im Ach und Weh.

Ich kann mich nicht richtig entsinnen.
Das Gestern schwindet immer mehr.
Verloren längst jegliches Entrinnen.
Ich setze mich kaum noch zur Wehr.

Wo sind die Farben in den Bildern?
Vom Himmel tropft zähflüssig Blei.
Kein Ufer zum Gedankenwildern.
Schon fehlt die Kraft für einen Schrei.

UNBERÜHRT?

In weit ausgeknieten Auen
der Fluss sich altersächzend an Land lehnt
und Lieder summt vom Anbeginn der Zeit.

Bunte Gefieder nach Fischen ausschauen.
Das Wasser sich noch erinnert und sehnt,
indes es alte Legenden stromaufwärts treibt.

Die Wellen wandeln in Gram und in Grauen.
Überlegenheitswahn die Vielfalt kleinzähmt
und Geradlinigkeit alle Balance einverleibt.

UNSERE GALAXIE

Deine Sonnen sind meine Monde.

Wir leben einander umtanzend.

So erhellt dein Tag meine Nacht.

Und silbrig glänze ich
auf deinem Weg
in den Stunden deines Schlafes.

Denn im Licht
ist kein Schatten mehr dunkel,
sondern schimmert leise
und streichelt
gesammelte Wärme
auf fröstelnde Haut.

VAKUUM

Vom ewigen Winter
und Eis in den Herzen…
Das Auge wird müde.
Wird uns die Kälte ausmerzen?

Die Alten erzählen
von frostigen Stunden.

Ein Tag

s
t
ü
r
z
t

ins Jahr.

Zeit heilt keine Wunden.

Nachts sehe ich vage
im Traum noch den Sommer.
Die Ahnung verblasst schon.
Aus Stille wird Donner.

Es wirbeln die Flocken
im trunkenen Tanz.
Vernebelten Sinnes
Fehlt ihnen der Glanz.

Wir tragen die Liebe
tief in uns verborgen.
Vielleicht scheint die Sonne
und schenkt uns ein Morgen.

(VER)URTEIL(T)

Die Welt ist im Wandel.

Sie ändert ihr Gesicht.

Flachsblau trägt der Januar,
Schnee bedeckt ihn nicht.
Mücken tanzen, wo einst Eis erblühte.
Maßlosigkeit vernebelt die Sicht.
Ein jedes Mitgefühl ist virtuell.
Realität hieße schließlich Verzicht.
Unser aller gelebter Exzess
kehrt sich nur mühsam in einfaches Schlicht.
Behaglichkeit versiegelt der Zukunft' Tor,
doch wäre höchste Eile oberste Pflicht.

Der Ausblick ist düster,
zeigt weder Hoffnung noch Licht.

Wir haben den Rausch schön gelogen
Und stehen bereits vorm Jüngsten Gericht.

VOM NICHTS INS NICHTS

In unserer unaufhaltsamen Endlichkeit,
der allgegenwärtig dahindriftenden Zeit,
erzählen wir einander von der Ewigkeit.

Trunken wandeln wir auf Pfaden aus Licht.
Zahllose Träume spiegeln sich in deinem Gesicht.
Dass wir ins Dunkle treiben, spürst du wohl nicht?

Wir hoffen auf ein Morgen, das wir nie hatten
und übersehen geblendet die nahenden Schatten.
Am Gestern nagt das Vergessen wie gefräßige Ratten.

Als Körner verrinnen wir im eiligen Stundensand.
Wütend erkenne ich unseren trostlosen Stand
und ergreife furchtsam deine noch warme Hand.

Unsere Nähe zerpflückt mir den ärgsten Schmerz
und doch legt sich Wehmut mir trauernd ums Herz,
indes wir schon stürzen abgrundtief himmelwärts.

WACHWECHSEL

Mit beginnender Nacht
wechseln die Welten.

Aus Rotgold und Kupfer
wird tiefblauer Samt.

Tastende Schatten
umhüllen den Abend.

In Perlmutt
nur die Venus entflammt.

Lautlose Wesen
erobern die Weite.

Sie huschen ganz leise
durchs ruhende Land.

Friedvolle Kühle
senkt sich still hernieder.

Tau schmückt die Wiese
mit Glasperlenband.

Nach einigen Stunden
verfliegen die Träume.

Hell leuchtet der Morgen
am Himmelsglutrand.

(Piano tone)
♩ = 108

WER WIND SÄT ...

Die Mauern,
die ihr baut,
trage ich ab.

Stein für Stein
reiße ich sie ein.

Unermüdlich.

Immer wieder.

Mit meiner Stimme
bloßen Händen.

Ihr lacht und spottet mich einen Sisyphus.

Nennt ihr euch doch
die Flügel der Windmühlen.

Ich aber, ich bin der Wind!

WETTERUMSCHWUNG

Ich pflücke mir das Watteweich
aus Pusteblumenkissen
und angle Wölkchen aus dem Teich.

Ich will den Tag nicht missen!

Nach dunkelgrauer Regenfront
spannt sich ein bunter Bogen.

Aus lichten Farben ganz gekonnt
hat sich die Welt mit Glück verwoben.

Die trüben Nebel eilen fort.
Herz und Seele werden weit.

Im perlig-grünen Gräserhort
Entspinnt sich neue Lebenszeit.

WILLKOMMENER ABSCHIED

Im Fallen der Blätter,
Stück für Stück,
zieht sich das Jahr
in langen Nächten zurück.

Altersmüde,
gebeugt von der Last,
neigt sich die Zeit,
still träumend von Rast.

Die Farben verwässern
träge im Fluss
und Wellen sind Wolken
im nebligen Kuss.

Die Böschung schmiegt sich
an den Spiegel aus Eis.
In schwarzgrauer Landschaft
wirbelt es weiß.

Ich setze den Schritt
durch die ruhende Weite
und spüre den Wechsel
schon an meiner Seite.

Das Bündel im Rücken
wiegt unsagbar schwer.
Ich muss es sortieren,
brauche vieles nicht mehr.

Ich lasse zurück
trostloses Gewicht
und schultere nur
ein Fünkchen von Licht.

Der Weg ist nun leichter,
liegt sichtbar vor mir.
Im Gestern keimt Morgen,
heute und hier.

WINTERSCHLAF

Die Augen geschlossen,
kauernd am Grund.
Müde Gedanken.
Die Seele so wund.

Gelähmt ist der Puls,
kein Traum wärmend tost.
Frost klirrt im Herzen.
Ein Schlaf ohne Trost.

WINTERSTURM

Kopfüber taumelnd,
atemlos, ohne Rast
treiben die Flocken
in klirrender Hast.

Das Moosmädchen erstarrt
im gläsernen Rund,
träumt schlafend
am stillen Eismeeresgrund.

Es jagen Reifpfeile
wie Nadeln so spitz.
Ächzend neigt sich der Tann
im rasenden Blitz.

Zwischen den Stämmen
eilen Diamanten dahin.
Sie raspeln die Borke
papierrissig dünn.

Johlend verhallt
ein barbarischer Klang,
im Bersten der Wipfel
heult Höllengesang.

Der Windsbraut Gefolge
tollt im beißenden Wahn.
Donnernd bricht sich
die wilde Jagd Bahn.

Mit bleischwerem Tritt
zieht der Frost übers Land,
formt Wogen aus Schnee
und wellt Wiesen zu Strand.

Die linnene Klarheit
lässt mich fast vergessen,
sie ist nicht von Dauer
in der Natur Kräftemessen.

ZUNEIGUNG

Weder Dauer noch Nähe
steigern den Wert.

Einzig das Licht,
das sie bringt,
gleicht einem Juwel,
der Zusammenhalt nährt,
Distanz fühlbar bricht
und die Seele besingt.

Der Verstand in seinem Käfig
unüberwindbar fast wirkt.

Verschlossen, verriegelt, in sich gekehrt.

Der Zugang verborgen,
wo er sich wohl versteckt?

Ohne den Schlüssel
bleibt der Eintritt verwehrt.

Der Funke vom Heute und Morgen
liegt im Herzen verwahrt.

INHALT

Foto: Dr. Claus Rose

Seit dem Jahr 2014 veröffentlicht Dana Schwarz-Haderek Prosa und Lyrik im adakia Verlag Leipzig.

Ihre in verschiedenen Techniken erstellten Bilder und Graphiken zeigen sich als **FILIGRANE WELTEN** regelmäßig in diversen Ausstellungen der Öffentlichkeit. Zu sehen sind u. a. detailreiche, phantasievolle Aquarelle in Graphit oder Tuschezeichnungen in Kombination mit Acryltinten. Neben der lebensnahen Darstellung von Elementen aus der Natur oder der Studie des menschlichen Körpers in Akten verbindet sich gegenständliche Symbolik verschiedener Genres mit abstrakten Formen und Farbverläufen zu surrealen Welten, die neue Blickweisen eröffnen und die Vorstellungskraft des Betrachters beflügeln.

Zusammen mit Steve Schubert, Liedermacher aus Plauen, erobert Dana Schwarz-Haderek die Bühne unter dem Namen **FILIGRANE KLANGWELTEN**. Ein feinsinnig aufeinander abgestimmtes und sich gegenseitig ergänzendes Programm aus vornehmlicher deutschsprachiger Liedermacherkunst sowie gelesenen lyrischen und prosaischen Texten fühlt dem Puls der Zeit nach und lädt die Zuschauer ein, zwischenmenschlichen Erfahrungen nachzuspüren, in Erinnerungen zu schwelgen oder fantasievoll durch die Natur zu streifen.

Darüber hinaus ist Dana Schwarz-Haderek als Bodypaint-Künstlerin in Zusammenarbeit mit diversen Fotografen tätig, mit denen sie Modelle durch facettenreiche Bemalung in ein völlig neues Licht rückt, um die Schönheit des menschlichen Körpers auch aus dieser Perspektive zu unterstreichen und hervorzuheben.

www.danaschwarzhaderek.com

Im Kosmos der FILIGRANEN KLANGWELTEN treffen Lebenslieder auf gelebte Lieder. Dana Schwarz-Haderek, Schriftstellerin und Malerin aus Jena, und Steve Schubert, Liedermacher aus Plauen, führen gemeinsam durch phantasievolle Abende aus Konzert, Lesung und Tagesausstellung. Das vielfältige Potpourri der FILIGRANEN KLANGWELTEN lässt gelesene Lyrik und Prosa nicht nur an der Seite eigener Lieder Steve Schuberts, sondern ebenso entlang der Melodien Bob Dylans oder Gundermanns schwingen oder gibt den verschmitzten Songs von Element of Crime einen neuen humorvollen Rahmen. Während das Auge detailreiche, grazile Tuschezeichnungen, Aktdarstellungen in Acryl und Pastell oder filigrane Graphitaquarelle betrachtet, genießt das Ohr den fein verwobenen Vielklang aus Musik und Literatur. Am Ende des Abends werden die Herzen weit und die Grenzen zwischen den Genres verschwunden sein.

https://www.facebook.com/filigraneklangwelten

Dana Schwarz-Haderek

Lebenslieder

Gedichte

204 Seiten, adakia 192031

Auf den Zeilen der Tage erklingt die Melodie des
menschlichen Seins in einem unerschöpflichen Spektrum
aus monochromer Zurückhaltung und
Farbrausch im Überschwang.
Lebenslieder zeichnet lyrische Bilder aus mannigfaltiger Emotion,
Reflexion, Beobachtung und Phantasie
in Wort, Bild und Ton.

Mit dem Buch wird auch der Download des Hörbuchs erworben.

Hardcover
ISBN 978-3-941935-73-0
18,00 Euro

Dana Schwarz-Haderek

Vogelfrei

Erzählung

adakia pocket Vol. 5

»Vorsichtig lasse ich mich auf dem wackeligen Bootssteg nieder. Da er in den vergangenen zwei Wochen nicht in sich zusammengefallen ist, wage ich es todesmutig, ihn nun doch für mich zu erobern. Wird schon gut gehen, denke ich mir, und stelle Teller und Glas neben mich, während ich es mir auf dem knarzenden Holzplanken im Schneidersitz gemütlich mache und achtlos ein paar graue Federn, die sich im Holz verfangen habe, wegwische.«

Helena entflieht ihrem rasanten und ebenso oberflächlichem Leben in der Großstadt. Sie lässt sich ganz allein im ländlichen Idyll nieder. Nach einer schmerzhaften Trennung besinnt sie sich dort allmählich ihrer Wurzeln und kann bald hoffnungsvoll gestärkt einen neuen Weg in ihre Zukunft antreten. Doch die Geister der Vergangenheit lassen sich nicht durch eine Flucht aufs Land und den völligen Neuanfang täuschen, sondern fordern ihren vor langer Zeit ausgehandelten Preis ein.

Mit dem Buch wird der Download des Hörbuchs erworben.
Gesprochen von Holly Loose, Sänger von »Letzte Instanz«.

Dana Schwarz-Haderek

Equinox

Roman

397 Seiten, adakia 191411

Elisabeth wird von der Liebe zu Robert überwältigt.
Doch immer dann, wenn die beiden Liebenden sich näher kommen, treten seltsame Erscheinungen ein.
Ein Gong beim Küssen, das Ticken einer Uhr ...
Es erscheinen mysteriöse Männer und ein außergewöhnliches Paar, die alle unverständliche und bruchstückhafte Hinweise auf einen jahrhundertealten Fluch geben.
Robert und Elisabeth versuchen unabhängig voneinander, dem Rätsel auf die Spur zu kommen.
Die Spur führt über England und Frankreich zu einem Geheimnis, das mit den Geburtsdaten der Liebenden verbunden ist.
Equinox.
Ein spannender Liebesroman über die Magie und die Kraft der Liebe, über die Macht des Schicksals und ein großes Geheimnis.

Klappenbroschur
ISBN 978-3-941935-17-4
12,90 Euro

adakia Verlag UG (haftungsbeschränkt)
Richard-Wagner-Platz 1, 04109 Leipzig
www.adakia-verlag.de

Bibliographische Information der Deutschen Bibliothek:
Die Deutsche Bibliothek verzeichnet diese Publikation in der Deutschen Nationalbibliographie; detaillierte Daten sind im Internet über die Homepage http://www.dnb.de abrufbar.

Gesamtherstellung: adakia Verlag, Leipzig
Cover: Susan Ullrich unter Verwendung des Bildes »Fernweh« der Autorin
Vertonung: Aufnahmen im ESOX Tonstudio durch Toningenieur Eric Fish, www.ericfish.de

1. Auflage, Juli 2021
ISBN 978-3-941935-84-6